와인앤더시티

와인 앤 더 시티 4년차 애호가의 발칙한 와인 생활기 이진백 글 ˈ 오현숙 그림 ˈ 초판 인쇄일 2006년 12월 1일 ˈ 초판 발행일 2006년 12월 5일 ˈ 펴낸이 이상만 ˈ 펴낸곳 마로니에북스 ˈ 등록 2003년 4월 14일 제2003-71호 ˈ 주소 (110-809) 서울시 종로구 동숭동 1-81 ˈ 대표 전화(영업) 02-741-9191 ˈ 편집부 전화 02-744-9191 ˈ 팩스 02-762-4577 ˈ 홈페이지 www.maroniebooks.com ˈ ISBN 10: 89-91449-94-8 ˈ ISBN 13: 978-89-91449-94-7 ˈ 이 책의 저작권은 저작권자에게 있습니다. 저작권법에 의해 보호받는 저작물이므로 무단 전재 및 복제를 금합니다. * 책값은 뒤표지에 있습니다.

wine and the city

와인앤더시티

이진백 글 | 오현숙 그림

4년차 애호가의 발칙한 와인 생활기

마로니에북스
maroniebooks.com

와인앤더시티
wine and the city

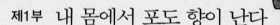

제1부 내 몸에서 포도 향이 난다

제1부

내 몸에서 포도 향이 난다

튀니지에 갔을 땐 터번을 둘러쓴 베르베르 아저씨들과 꾸스꾸스

를 안주 삼아, 그들이 보르도 와인과도 바꾸지 않겠다는 튀니지

최고의 와인 '마곤'을 마시며 사하라 사막에 쏟아지는 별을 감상

했다. 하루하루 지날수록 이 여행이 지중해 여행인지 와인 여행인

지 가늠할 수 없게 됐다.

와인, 내 인생에 첫선을 보이다

지중해로 떠나야겠다고 마음을 먹은 것은 지난 2001년 겨울이었다. 희망을 머금고 내 젊음을 걸었던 회사의 앞날이 삼천포로 마구 빠지고 있었고, 그것과 또 다른 차원에서 내 젊음을 걸었던 청춘사업 역시 갈수록 헛물만 켜고 있던 시점이었다. 돌파구가 필요했다. 다시 돌아오지 않을 20대 중반을 이렇게 보낼 수는 없었다. 더욱이 막연히 어디론가 떠나고 싶다는 치기어린 감수성이 내 가슴을 점령한 상태이기도 했다.

지중해는 대학 시절부터 꿈꿔온 나의 로망이었다. 유럽 배낭여행이 막 붐을 이루던 시절, 대부분의 배낭여행자들이 '런던 인 파리 아웃' 그 뻔한 코스에 열광할 때도 내 관심은 오로지 지중해 나라에 가 있었다. 합리적이고 첨단화된 데다 왠지 약속 시간에 5분이라도 늦으면 인연 끊자고 할 것만 같은 비인간적인 인간들이 사는 북쪽 나라보다는, 어딘지 나른하고 자꾸 드러눕고 싶고 룰루랄라 시끌벅적 흥청망청의 삼박자가 적당히 녹아내린 듯한 따뜻한 남쪽 나라가 더 끌렸다. 여행잡지에서 본 지중해 특유의 강렬한 태양, 에메랄드빛 바다, 호탕하고 여유로운 사람들 사이를 요리조리 헤집고 다니고 싶었다. 지중해 여행을 통해 자신을 키우고 견문을 넓혀 새로운 인생을 설계하겠다기보다는, 그저 잘 먹고 잘 놀면서 인생을 즐기면서 노는 데 타의추종을 불허한다는 남쪽 나라 사람들의 열정과 쾌락을 훔쳐오고 싶었다.

2002년 1월 10일, 드디어 로망이 실현됐다. 삼천포에 거의 다다른 회사에 멋지게 사표를 던지고 두 달 일정으로 지중해 아홉 개 나라를 훑기로 마음먹었다. 지중해 일주여행이라는 거창한 타이틀도 붙였다. 비록 북아프리카 두 나라와 중동의 몇몇 나라가 빠지기는 했지만, 아홉 개 나라면 지중해를 한 바퀴 돌면서 엑기스는 쏙 빼온다 해도 무리는 없어 보였다. 제목은 거창했지만 특별한 계획이나 미션은 없었다. 밟고 싶었던 땅을 정해진 기간 안에 한 번씩 밟고, 나라별로 유명하다는 별미를 꼭 챙겨 먹고, 되도록 현지인과 어울리고, 이왕이면 열차에서 '제2의 쥘리 델피'를 만나 가슴 설레는 하룻밤을 보내자는 것 정도였다. 여행이란 너무 많은 계획을 짜면 흥미가 반감된다고들 하지 않나. 계획이 한 가지 있긴 했다. 당시가 힙합 음악에 심히 경도돼 있을 무렵이라 지중해 아이들은 대체 어떤 비트와 리듬을 구사하는지 궁금해 나라별로 힙합 CD를 두 장씩 사오기로 한 것이다. 그 외에 정해진 건 아무것도 없었다. 그냥 떠나기만 하면 됐다. 관건은 오직 술이었다. 인천공항을 빠져 나갈 때 배낭 안에 감춰둔 팩 소주 열두 개를 모조리 압수당한 것이다. 나이트라이프가 걱정됐다. 암스텔 따위의 국내에 수입되지 않는 캔맥주로 때워야 하나, 아니면 그 비싼 코냑을 한 병 사서 홀짝홀짝 비워야 하나. 막상 닥치면 해답을 찾을 수 있겠거니 하는 지극히 지중해적 마음가짐으로 일단 신경 끄고 출발하기로 했다. 그때까지만 해도 와인은 내 머릿속에 들어와 있지 않았다.

처음 도착한 나라는 포르투갈이었다. 유럽의 다른 선진국처럼 시크해지고는 싶지만 끝내 촌스러움을 떨쳐내지 못한 듯한 어설픔. 이것이 유럽의 시골이라는 별명에 어울리는 이 나라의 첫 인상이자 곧 매력이었다. 비행의 여독이 미처 풀리지 않은 몸으로 지중해 일주여행의 첫날을 보내고 찾은 곳은 리스본의 한 바였다. 포르투갈의 전통음악인 파두를 전문으로 연주하는 일명 '파두 하우스'로, 리스본 현지인들에게 물어 물어 찾아낸 명소였다. 파두는 포르투갈 민족의 영혼과 한이 고스란히 담겨 있는 노래이다. 짠한 애잔함이 가슴을 뒤흔들었다. 곁들일 술이 필요했다. 이토록 에스닉한 분위기 속에선 왠지 에스닉한 술을 마셔야 할 것

만 같았다. 메뉴판을 보니 맥주 말고는 와인뿐이었다. 혼자였으므로 와인을 잔술로 주문했다(이때만 해도 글라스 와인이란 단어는 내 사전에 없었다). 웨이터는 브랑코, 틴토, 로사도 중에서 고르라고 했다. 웬 텍사스 소 떼 지나가는 소리냐고 되물으니 역시나 알아듣기 버거운 발음으로 화이트, 레드, 로제라고 했다. 틴토를 주문했다. 레드 와인이다. 레드 와인은 우리 아버지께서 건강에 좋다고 땄다 하면 한 병씩 벌컥벌컥 비워 대시던 술 아니던가. 와인과의 인연은 그렇게 시작됐다.

한 잔에 2.99유로를 받는 틴토는 소위 하우스 와인이었다. 이 집에서 파는 가장 저렴한 와인이지만, 가게 체면이 있어 질이 꽤 좋은 걸 쓴다고 웨이터가 입 안에 침 한 바가지는 물고 있는 듯한 발음으로 얘기해 주었다. 요상하게 생긴 잔에 와인을 가득 따라 내왔다. 일반적인 와인 잔은 손잡이가 길고 몸통이 둥근 것으로 알고 있었는데, 이건 칵테일 잔도, 그렇다고 맥줏잔도 아닌 것이 통 정체를 알 수 없었다. 아무려나, 슬픔과 애수를 한껏 머금은 파두를 감상하며 틴토를 한 모금 입에 물었다. 화들짝 놀랐다. 집에서 담근 과일주와 비슷한 맛이 나면서, 그보다 포도 향이 아주 강하고 맛도 무척 진했다. 막걸리처럼 걸쭉한 질감도 느껴졌다. 일반 술과는 확실히 달랐다. 알코올 기운이 그렇게 세지 않은데도 후각과 미각을 간질이며 마구 소용돌이치고 있었다. 무엇보다 인상 깊었던 것은 심지어 마실 때마다 맛과 향이 달라진다는 점이었다. 무대에서 연주하는 파두 밴드에 넋이 나가 십여 분만에 다시 한 모금 머금을 때는 맛이 전보다 훨씬 진하고 풍부해져 있었다. 그 미세한 변화를 감지하는 일이 사뭇 흥미로워서 도저히 맥주 마시듯 벌컥벌컥 들이켤 수 없었다.

웨이터를 불러 와인의 이름이 무어냐고 물었다. 비뉴 베르드랬다.

발음의 정체성만큼 정체를 알 수 없는 이름이다. 나중에 찾아본 결과, 비뉴 베르드는 포르투갈에서 식사 때 주로 마시는 대중주로서, 포도가 완전히 익기 전에 수확해 산뜻한 맛이 난다고 책에서 알려주고 있었다. 하여튼 그토록 꿈에 그리던 지중해 입성을 자축하는 의미에서 두 잔의 레드 와인을 추가로 주문했다. 마시면 마실수록 이런 생각이 들었다. 변화무쌍한 맛을 선사하는 것이 꼭 기타, 베이스, 베이스 비올라, 보컬이라는 정해진 틀 속에서 곡마다 다양한 톤, 각기 다른 감정과 목소리를 들려주는 파두 음악과 닮아 있다는. 귀로 들리는 파두와 입으로 음미하는 틴토, 그리고 머리와 가슴으로 두 가지 예술을 만끽하고 있는 내가 삼위일체를 이룬 듯한 느낌. 내 몸에서는 어느 새 포도 향이 나고 있었다.

지중해 일주여행의 첫날 밤 우연찮게 만난 와인은 그 후 59일간의 내 여정과 늘 함께했다. 식사를 할 때면 음료수 대신 반드시 글라스 와인 한 잔을 시켰고, 오래 걸어 힘들었던 하루를 술집에서 마감할 때면 맥주 대신 와인을 마셨다. 한국 음식이 그리워 민박집에 묵을 때도 같은 방에 어린 친구들을 꼬드겨 가까운 슈퍼마켓에 나가 와인을 사다 마셨다. 심지어 와인은 앞으로 갈 여행지마저 바꾸었다. 원래 가려고 했던 도시를 제쳐두고 와인으로 유명한 지역으로 발걸음을 돌린 것이다. 보르도를 위해 바르셀로나를 포기했고, 토스카나의 포도밭을 거닐려는 마음에 밀라노를 저버렸다. 보르도 생테밀리옹으로 와이너리 투어를 가서는 시음용 와인을 주는 대로 다 받아 마시다가, 만취 상태에 이르러 버스 안에서 곯아떨어진 적도 있었다. 시칠리아 섬에서 일주일 간 머무르면서 섬의 그 오묘한 분위기와 독특한 와인 맛에 도취돼, 대체 이렇게 맛난 와인을 만드는 녀석이 누구인지 보고 싶은 마음에 '플라네타'사를 직접 찾아가 견

학하겠다고 떼를 썼다(물론 당시에는 플라네타가 그렇게 유명한 와이너리인지 꿈에도 몰랐으며, 네로 다볼라 품종이 2~3년 후 한국에서 대박을 칠 줄은 예상하지 못했다). 그리스에 가서는 아크로폴리스 옆 노천카페에서 희랍의 게으름뱅이들과 밤새도록 와인을 퍼부었고, 터키에서는 카파도키아 시내의 벨리댄스 클럽에 들어가 카라프에 담아 내온 싸구려 와인과 케밥을 잔뜩 시켜놓고, 늘씬한 미녀들의 격정적인 춤을 감상하기도 했다. 튀니지에 갔을 땐 터번을 둘러쓴 베르베르 아저씨들과 꾸스꾸스를 안주 삼아, 그들이 보르도 와인과도 바꾸지 않겠다는 튀니지 최고의 와인 '마곤'을 마시며 사하라 사막에 쏟아지는 별을 감상했다. 하루하루 지날수록 이 여행이 지중해 여행인지 와인 여행인지 가늠할 수 없게 됐다. 와인은 야금야금 내 주된 관심사로 자리 잡아 갔고, 코와 혀는 와인을 즐기는 방법에 나도 모르게 서서히 익숙해지고 있었다.

그렇게 와인은 내 인생에 첫선을 보였다. 그 어떤 것보다 드라마틱한 만남이었다. 나는 와인에서 희망을 보았다. 지중해의 온화한 기후 속에서 낙천이란 두 글자를 가슴에 아로새긴 사람들과, 와인 한 병을 앞에 두고 서로의 사는 방식에 대해 얘기하면서 도란도란 잔을 기울이는 행위가 인생을 이토록 달콤하게 만들 수 있다는 것을 온몸으로 느꼈다. 그리고 한국에 돌아가면 와인 한 잔이 팍팍한 내 삶에 위안이자 쉼표가 될 것이라 확신했다. 와인 한 잔이 여유와 낭만을 가져다주리라는 기분 좋은 상상을 실천하고 싶었다. 지중해는 내게 와인이라는 새로운 우주를 선사했다. 앞으로 와인만의 독특한 문화와 스타일을 제대로 이해하고 만끽하기까지는 와인 한 병이 온전히 숙성되는 것만큼의 긴 시간이 필요할 것이다. 하지만 그것이 대수일까. 지구촌에는 100만 종이 넘는 와인이 있고 그 맛과 향이 모두 다른데, 이렇게 흥미로운 취미가 또 어디 있을까. 내 인생의 여백을 채우는 수많은 사건과 이벤트에 그 각각의 사연과 기억을 공유하게 될 코르크는 또 얼마나 될까. 생각만으로도 온몸에 전율이 일었다. 지중해 일주여행 도중 숱하게 승하차를 반복한 비행기와 열차 안에서 나는 새로운 인연에 가슴 벅차 하고 있었다. 그래, 이제 나도 따뜻한 남쪽 나라 사람들이 지난 수천 년 간 '식탁의 물'로 누려온 문화를 만끽하겠노라.

서울로 돌아오는 비행기 안, 이역만리를 날아오며 와인을 다시 생각했다. 아마 앞으로 한동안은 와인에 미쳐 살 것만 같다. 세상에 수없이 많이 존재하는 와인을 한 번이라도 맛보고 싶어 이곳저곳 쑤시고 다닐 것만 같다. 혼신의 힘을 다해 와인과 사랑에 빠질 것만 같다. 아니 어쩌면 직업으로까지 삼을는지도 모르겠다. 그런 생각을 하고 있노라니 뭔가 중요한 것이 내 안에서 꿈틀거리고 있는 느낌이다.

와인 동호회에서 생긴 일

 다음 글을 읽고 물음에 답하시오.

드디어 와인 동호회에 가입했다. 와인이란 정말이지 혼자 즐기기에는 한계가 너무도 명확한 유희라는 사실을 실감한 까닭이다. 와인을 마실 때마다 늘 외로웠다. 같이 마셔주는 친구들이 있어도 그랬다. 맥주를 마시자는 친구들을 겨우 달래 와인 바에 들어서면 어떤 와인을 선택해야 할지 난감했다. 꼭 마시고 싶은 와인을 발견했더라도 홀로 한 병을 다 비울 수는 없는 일이다. 그만큼 주량이 세지도 않거니와 홀로 와인을 마신다니 웬 청승? 혼자 지불해야 하는 그 엄청난 가격도 눈 딱 감고 지르기엔 제법 액수가 크기 일쑤였고. 암튼.

처음 참석한 정모는 강남의 한 와인 바에서 열렸다. 얼굴 윤곽은 보여도 이목구비가 뚜렷하게 드러나지는 않을 정도로, 인디고블루 컬러의 네온사인보다 어둠이 더 인상적인 곳이었다. 가게 전체를 빌렸는지 바에는 약 서른 명 가량의 동호회 회원이 테이블을 나눠 앉아 있었다. 입구에 들어서자 내 이름이 적힌 명찰을 건네받았다. 휴먼매직체로 출력된 내 이름이 귀엽게 느껴졌다. 동호회 운영진으로 보이는 잘생긴 남자가 인사를 하며 다가왔다. 여전히 어리둥절한 상태인 나는 그에게 이끌려 정해진 테이블로 안내되었다. 처음 보는 사람이 너무 많아 고개를 들기가 민망했다.

테이블에는 이미 네 명의 회원이 즐겁게 수다를 떨고 있었다. 동호회 부클럽장이라는 A가 환한 미소로 맞아주었다. 한 줌의 거짓도 찾아볼 수 없는 순수한 미소였다. 와인을 마시면 저런 미소가 나오는 걸까. 단정한 옷차림에 언행까지 반듯했던 A는 나를 보고 처음 오신 분이냐며, 와주셔서 감사드린다며 동호회와 정모에 대한 친절한 설명까지 챙겨주었다. 다른 회원들 역시 와인을 즐기는 사람들이라 그런지 술만 먹으면 멍멍이가 되는 우리 회사 직원들과는 사뭇 달라 보였다. 30대 중반으로 보이는 B는 정모에 처음 나왔다며 증권회사에 다닌다고 자신을 소개했다. 장만옥의 목선을 가진 C는 대단한 미모의 여성이었다. 나이는 어려 보였지만 동호회의 올드 멤버인지 테이블을 이곳저곳 돌아다니며 인사를 나누고 있었다. 그 화려한 비주얼 때문인지 많은 남자들이 힐끗힐끗 그녀를 쳐다봤다. D는 전문 포토그래퍼로 이날의 행사 사진을 전담해서 찍는 듯했다. 모두들 한 스타일, 한 취향들 하는 트렌드세터처럼 보였다.

"오늘 총 스물일곱 병의 와인을 준비했는데 두 분이 빠져 서른 명의 회원께서 참석하셨습니다. 모두들 만취해서 돌아가시지 않을까 걱정입니다."

클럽장이 모임 시작을 알리며 운을 떼자 여기저기서 웃음이 터져 나와 분위기가 왁자해졌다. 자, 드디어 시작이다. 내 생애 첫 와인 동호회 정모 날이다. 오늘의 테마는 '알마비바'를 시음하는 것이다. 칠레 최고의 특급 와인이라는 평을 듣는 알마비바는 10만 원이 훌쩍 넘는 고가의 와인인데도, 이미 젊은 와인 애호가들 사이에서 꽤 높은 인기를 끌고 있었다. 스타 와인인 만큼 사회자의 설명도 길었다. 칠레의 와이너리 '콘차이 토로'와 프랑스의 자존심 '바롱 필리프' 가문이 합작해 탄생한 와인이라는 둥, 일반적으로 칠레의 와인은 단일품종으로 만드는 데 반해 알마비바는 카베르네 소비뇽과 카베르네 프랑, 카르메네르 이렇게 세 가지 품종의 포도로 만든다는 둥 와인 소개가 줄줄이 이어졌지만 대부분 알아들을 수가 없었다. 겨우 이해한 내용은, 알마비바는 와인 애호가들이 즐기는 고급 와인이다. 초보자들이 많이 참석하는 신입회원 정모이기는 하지만 신세계 특급 와인의 맛을 알려드리고 싶어 이 와인을 메인으로 선정했다, 뭐 그런 얘기였다. 물론 그 밖에 화이트 와인 한 종과 레드 와인 3종이 추가돼 모두 다섯 종의 와인을 마시게 될 것이란 얘기도 머릿속에 또렷이 남았다(역시 우리나라 사람은 질보다 양이다!). 회비 5만 원으로 고급 와인에 양도 제법 풍성하다니 입가에 절로 번지는 미소를 어쩔 수 없었다.

처음으로 서브된 와인은 독일산으로 '슐로스 리슬링 카비네트'라는 이름이었다. 약간의 단맛이 나 같은 초보자 입에 착 달라붙는 맛이었다. 사과, 배 등 익숙한 과일 향이 풍부해 더욱 친근하게 느껴졌다. 내가 마음에 들어 하는 눈치를 보이자, A가 부클럽장답게 설명을 곁들였다.

"초보자일수록 과일 향이 풍성하고 타닌이 적은, 좀더 마일드한 질감의 와인을 선호하죠. 그래서 정모를 시작하는 첫 와인으로 달콤한 화이트 와인이나 부드러운 레드 와인을 제공하곤 합니다."

나도 용기를 내 입을 열었다.

"저도 달콤한 와인이 좋아요. 그렇다고 아이스 와인처럼 너무 단 것
은 싫고요."

"아, 그러세요? 그럼 완전 초보 딱지는 떼셨다고 봐도 좋아요. 보통
와인을 잘 모르시는 분들이 무조건 달기만 한 와인을 좋아하시거든요."

이 남자, 매너만 좋은 줄 알았더니 꽤 귀엽다. 슐로스 리슬링 카비네
트는 확실히 단맛이 강해 마시기에 까다롭지 않았다. 밝은 금색에 상큼
한 맛을 지닌 와인아, 너를 나의 페이버릿으로 임명합니다!

두 번째부터는 레드 와인이었다. 미국 캘리포니아산 진판
델이란다. 진판델, 어디서 많이 들어본 이름인데. 그러
고 보니 몇 주 전에 친구들과 함께 간 와인 바에서
소믈리에가 추천한 포도품종이 진판
델이었다. 하지만 맛과 향이 전혀
생각나지 않는다. 와인의 맛을 기
억하기란 역시 어려운 일이다. 이
번 와인은 미국의 '켄우드'라는
회사에서 만든 진판델이라는데,
병에 붙은 라벨 생김새가 그날
마신 와인이랑 비슷한 것 같기
도 하다. 나이를 먹는다는 것은
뇌 속에 망각 세포를 늘리는
것에 다름 아닌 모양이다.

"굉장히 부드럽네요. 주로 마시는 2만 원대 칠레산 와인보다 과일 향도 풍부하게 올라오는 것 같고요."

역시 A가 답한다.

"확실히 그렇죠? 캘리포니아산 진판델은 단맛도 있고 질감도 부드러워서 초보자를 위한 추천 와인에서 빼놓을 수 없죠. 특히 중저가 진판델은 '달콤한 와인'의 대명사랍니다. 값이 비싼 진판델은 맛이 훨씬 복합적이지요."

"사실 얼마 전에 이 와인을 마셨는데 무슨 맛이었는지 기억이 잘 안 나요."

"하하, 처음엔 다 그렇죠. 저만 해도 와인을 마신 지 1~2년이 지날 때까지는 바로 전날 마신 와인의 맛도 기억하지 못했는데요, 뭘. 사실 지금이라고 별반 달라진 것은 없지만요."

옆에서 계속 심심풀이 수다만 떨던 C가 오랜만에 한몫 거들었다. 한 손에 와인 글라스를 들고 약간은 거만해 보이는 자세가 섹시하다.

"난 여전히 이런 와인이 좋더라. 보르도 그랑크뤼고 부르고뉴 1등급이고 다들 너무 복잡해. 와인 한 잔 마시려고 병 따놓고 두세 시간씩 기다려야 하고 말이야. 진판델 얼마나 좋아? 따자마자 바로 마실 수도 있고, 적당히 달콤하고. 이 정도면 베스트 아니야? 안 그래 D?"

"그래도 자긴 그 좋다는 와인들 다 마셔봤잖아."

묵묵한 D는 웃으면서 짤막하게 답할 뿐 여전히 라벨 사진을 찍는 데 몰입하고 있다. 디지털 카메라의 스크린으로 본 D의 사진은 정말 멋졌다. 아니 맛있다고 해야 할까. 조명을 특별히 설치하지 않았는데도 행사장의 따뜻한 분위기와 회원들의 부드러운 미소, 와인글라스와 와인 병의 느낌을 놀랄 만큼 고풍스럽게 잡아낸다. 어쩜 이렇게 사진을 맛있게 찍을까. 이 참에 사진도 한 번 배워볼까 딴 생각에 빠져본다.

얼굴이 발개진 회원들이 늘어나고 분위기가 시끌벅적해지자, 3번 와인과 4번 와인이 동시에 서브되기 시작했다. 하나는 아르헨티나산 말벡, 다른 하나는 호주산 시라즈였다. 국내에 수입되는 중저가 와인 중 묵직하고 풍부한 맛과 향을 내기로 정평이 난 와인들이라는 것이 사회자의 설명이었다. 시음해보니 맛이 정말 진했다. '그라피나 지 말벡'이란 이름의 아르헨티나 와인은 내 입맛에 아주 잘 맞았다. 앞선 와인보다 무게감이 더 많이 느껴졌지만 타닌이 텁텁하지 않고 부드럽게 다가왔으며, 심지어 내가 좋아하는 단맛도 살아 있었다. 연이어 마신 '엘더톤 시라즈'. 호주를 대표하는 인기 와인이란다. 내게는 다소 진한 감이 없지 않았지만 다른 테이블의 회원들은 맛이 좋다며 난리들이었다. 미모의 C는 시라즈가 워낙 맛이 진해 위스키 등의 독주를 마셔 버릇한 남자들한테 인기였는데, 이제는 한풀 꺾인 와인이라고 비아냥거린다.

분위기가 점차 무르익었다. 난 지금 무턱대고 잔을 비우는 대한민국식 술자리보다 와인을 천천히 음미하고 대화를 우선으로 하는 동호회 문화에 홀딱 반하기 시작했다. 그래서인지 와인도 평소보다 잘 넘어간다. 하지만 부담스러웠다. 동호회 자리라 긴장했는지 한두 번 마셔서는 도대체 무슨 맛인지 잘 알 수가 없었다. 주위 눈을 의식해 남들처럼 그 맛과 향을 언어로 표현하려고 애쓰다 보니, 한 모금 한 모금 연거푸 와인을 마시게 돼 평소보다 빨리 취하는 것 같았다. 시라즈 와인이 담긴 네 번째 글라스를 중간 정도 비웠을 무렵, 갑자기 머리가 핑 돌았다. 무언가 둔탁한 것에 맞은 듯 한쪽 머리가 띵 울려왔고, 그 동안 행복에 겨워하던 혀

도 내 뜻대로 움직이려 하지 않았다. 정신을 차려야 한다고 마음속으로 거듭 다짐하며 매무새를 다듬는 순간, 사뭇 느끼한 목소리가 귓가에 들렸다.

"이 세상에 똑같은 맛을 지닌 와인이 단 한 병도 없다는 것만으로도 너무 매력적이지 않습니까? 오늘 밤에 우리가 마시는 이 와인이 우리만의 와인이라는 사실을 상기해보세요."

누구지? B였다. 아, 우리 테이블에 B란 사람이 있었지. C에게만 관심이 팔려 있던 B가 퇴짜를 맞았는지 이제는 자신의 와인 잔을 넌지시 내게 내밀며 건배를 청하고 있었다. 세상에서 가장 느끼한 표정을 지은 채로 말이다. 그런데 왜 내가 이 남자랑 단둘이 앉아 있는 거지? 주위를 둘러봤다. A는 부클럽장이라는 감투에 걸맞게 다른 테이블을 돌면서 회원들을 열심히 챙기고 있었고, C는 와인 잔을 들고 바에 기대 함박웃음을 지으며 또 다른 회원들과 어울리고 있었다. D는 역시나, 행사장을 돌며 더 좋은 컷을 얻으려는지 아까보다 열심히 촬영에 몰두하고 있었다. 어쩔 수 없이 그의 건배에 응했다. 자세를 흐트러뜨리지 않도록 심혈을 기울였다.

"와인을 드신 지는 얼마나 되셨나요?"

"아, 네. 이제 막 시작했어요. 친구들과 마시다 보니 발전이 없는 것 같아 제대로 배워볼까 해서요."

"아니, 제대로 배우시려면 와인스쿨을 가셔야지 왜 이런 델 나오고 그러세요? 동호회는 그냥 놀면서 와인을 마시는 곳이에요. 전 어렸을 적부터 아버님께 와인을 배웠어요. 아버님께서 프랑스에서 오래 근무하셨거든요. 보르도와 부르고뉴 웬만한 건 다 마셔봤지요. 오늘 마신 이런 싸구려들은 사실 자주 마실 와인이 못 되죠."

"……"

"논현동에 가면 아는 동생이 하는 와인 바가 있어요. 모임 끝나면 거기 가서 한 잔 더 하실래요? 제가 좋은 와인 하나 살게요."

다행히도 그때 마지막 와인을 서브하겠다는 안내말이 흘러나오자, 테이블을 떠났던 A와 C, D가 모두 자리로 돌아왔다. 나는 B는 쳐다보지도 않고 사람들을 반겼다. 어느 동호회에나 이런 녀석들이 있다는 얘기는 들어서 알고는 있었지만 오늘처럼 직접 겪어보니 정말 짜증스러웠다. 이렇게 느끼한 녀석과 한 테이블에 앉아 있다니. 으휴, 그냥 잊자, 잊어. 오늘은 이 맛난 와인들한테 푹 빠지는 거야. 저까짓 왕느끼한테 당하면 안 되지.

대망의 알마비바가 나왔다. 2001년산이었다. 오늘 시음을 위해 한 시간 전에 마개를 따두었단다. 취기가 만연한 와중에도 그 풍미를 음미하려고 혼신의 힘을 다해 시음에 집중했다. 진한 맛과 힘 있는 향기가 느껴졌다. 앞서 마신 넉 잔의 와인과는 격이 달랐다. 강인한 맛과 향 사이에서 우아하고 섬세한 기품 같은 게 느껴졌다. 좋은 와인, 비싼 와인이란 이런 거구나. 마치 비단과 벨벳을 마시는 것 같은 느낌. 그러나 지나치게 많이 마셨는지 이미 오른 취기가 그 이상의 감상을 방해했다. 회원들은 다른 빈티지와 달리 이 2001년산 알마비바가 조금 더 스파이시하다고 했고, 누군가는 초콜릿 향이 나는 것 같다고도 했다. 그 느끼한 녀석도 바로 이런 맛이 보르도 스타일이라며 폼을 잡았다. 하지만 나는 더 이상 뭐가 뭔지 알 수 없었다. 내 코와 혀는 마비 증세로 힘없이 무너지고 있었고, 무거워진 눈꺼풀을 견디기 어려운 한계상황이 다가오고 있었다.

사경을 헤매다 겨우 집에 들어왔는데 어떻게 왔는지 기억이 나질 않는다. 2차를 가자는 사람들의 성화를 뿌리치느라 실랑이가 있었던 것까지는 기억이 나는데……. 그래, 어차피 와인 동호회도 술 마시는 모임인 것을. 잠들기 직전, 나는 무거운 몸을 일으켜 앉아 컴퓨터를 켰다. 그리고 각종 와인 사이트를 둘러보았다. 가까운 주말에 예정된 와인 시음회가 있지는 않을까 하는 마음에.

* 위의 글을 통해 알 수 있는 내용이 아닌 것은?
① 와인 동호회만큼 다양한 와인을 접할 수 있는 곳도 드물다.
② 와인 동호회에서는 고가의 와인을 저렴하게 접할 수 있다.
③ 와인을 많이 마시는 자리에서는 페이스 조절에 신경 써야 한다.
④ 어느 동호회든지 작업남, 작업녀는 존재하게 마련이다.
⑤ 주인공은 와인보다 다른 데 정신이 팔려 있다.

⑤를 제외하고는 모두 추리할 수 있는 내용이다. 와인 동호회에서 일어날 수 있는 전형적인 상황을 묘사한 이 글에서 요즘 와인 동호회 문화가 어떤지 대략적으로 짐작할 수 있었을 것이다. 또 하나, 이 글이 와인 한 병을 마시면서 적은 허구임을 감안한다면, 지은이가 오랜 와인 동호회 활동을 통해 동호회의 허와 실을 제대로 꿰뚫고 있는 능구렁이 같은 인물이라는 사실도 느끼실 수 있었으리라.

나의 천방지축 와인 숍 원정기

세상의 모든 와인은 소비자를 향해 공통된 질문을 던진다. "맛있지 않냐?" 어쩌면 와인이란 750ml 병 하나에 그 질문을 꼭꼭 담아놓은 건지도 모르겠다. 사실 세상의 모든 상품이란 게 다 그렇다. 영화는 재미있지 않으냐고 묻고, 자동차는 잘 나가지 않으냐고 묻고, 침대는 편하지 않으냐고 묻는다. 아무리 다양성의 세상이라 해도 모든 존재에는 우선적 가치란 게 있는 거다. 어쨌든, 와인은 750ml 한 병을 다 비울 때까지 끊임없이 묻는다. "맛있지 않으냐?"고. 그럼 소비자는 나름대로 대답을 궁리해야 한다. "야, 이거 진짜 맛있네"가 되기도 하고 "와인 맛이 뭐 이래"일 때도 있다. 소비자들은 "야, 이거 진짜 맛있네"라고 답하기 위해 특정 장소를 수도 없이 찾아가게 된다. 바로 와인 숍이다.

내가 처음으로 와인 숍을 찾아간 까닭은 와인 초보의 단순한 호기심이었다. 와인을 알고자 한다면 동호회도, 와인 바도, 시음회도 좋지만 왠지 와인 숍에 가야 할 것 같았다. 이실직고하면 뭐 이런 거다. 어디를 가

보았다 하는, 경험치를 늘리자는 얄팍한 생각 말이다. 물론 "야, 이거 진짜 맛있네"라는 대답을 하기 위해 갔는지도 모른다. 하지만 지금 기억으론 얄팍한 생각이었다는 쪽으로 많이 기우는 게 사실이다.

진열대를 가득 메운 그 수많은 와인 병들은 결국 나에게 '일단 마시고 보라'는 불변의 와인 진리를 강요하기에 이르렀다. '와인은 책 보고 공부한다고 해서 느는 게 아니야' '동호회 정모에 백날 나가 웃고 떠든다고 와인 실력이 향상되는 게 아니라고' '남에게 들은 얘기 가지고 아는 척한다 해서 내공이 솟는 줄 아나 봐?' 등 와인 병들은 얄팍한 나를 두고 마구 윽박지르고 있었다. 그러나 내가 와인 숍에 들어와 진열대에 놓인 형형색색의 와인들을 보고 얄팍한 마음을 버린 건 단 1초도 되지 않았다. 예쁘게 꽃단장한 와인 병 안에 숨겨진 보랏빛 향기와 비단결 같은 질감을 예상하는 일만으로 나는 완전히 마음을 빼앗겼다. 각기 다른 라벨을 감상하는 것만으로도 심장이 쿵쿵 뛰었다. 무엇보다 와인의 아름다움, 와인을 마시는 사람에 대한 호기심이 무럭무럭 자라고 있었다. 그래, 나도 이제 그들 무리에 낄 수 있는 거라고.

그런데 동시에 나는 와인 앞에서 주눅이 들었다. 와인들은 나라별로 깔끔히 분류되어 저토록 아름답게 빛나고 있는데 정말이지 나는 저들에 대해 아는 게 거의 없었던 것이다. 지중해 일주여행에서 만난 와인들은 한없이 편했고 그 앞에서 난 한없이 자유로웠지만, 비행기를 타고 한국으로 돌아온 나는 배를 타고 먼 여행을 떠나 이 땅에 종착한 그 와인 병들과 도무지 친해질 수가 없었다. 와인 숍에서는 지식과 현실이 충돌하고 있었다. 진열대에 놓인 와인 병들을 보고 있자니 그 동안 알고 있던 '아는 게 없음'이 사라지고 새로운 개념이 머릿속에 들어앉았다. 내 앞

에 놓인 와인은 너무 많았다. 똑같이 생긴 병에 똑같아 보이는 라벨에는 글자가 프랑스어로 쓰여 있기까지 해서 어떻게 읽어야 할지 종잡을 수 없었다. 마치 앤디 워홀의 그림 안에 매릴린 먼로 대신 와인 병이 줄지어 늘어서 있는 것만 같았다. 손을 대려 해도, 어디서부터 어떻게 대야 할지 엄두가 나지 않는 웅장한 광경. 나도 모르게 주위에서 포도 향이 풍기는 듯한 환상에 빠졌다. 적갈색 벽돌 인테리어와 오크나무 마감재가 깊은 산속 별장 같은 인상을 주는 와인 숍에서 와인들은 엄청난 생기를 내뿜고 있었다.

지식과 현실의 충돌은 어느새 상거래 판타지로 둔갑했다. 수백 종류의 와인이 내 앞에서 판촉을 위해 꼬리치고 있었다. 유려한 와인 병의 실루엣은 매혹적인 자태를 자랑했고, 베이지색 바탕에 으리으리한 고성의 외관을 모노톤으로 인쇄한 프랑스산 와인의 라벨들이 우쭐대고 있었다. 잡지에서 본 낯익은 와인들은 제발 자기를 사달라며 '방가방가'를 하고 있었고, 50% 세일이라 크게 써 붙인 알록달록한 홍보 문구들은 지난 한 달 간 내가 쓴 돈이 얼마나 되는지 계산하도록 종용하고 있었다. 이 모든 일이 불과 15초 동안 집중해 벌어졌다. 충동구매가 꿈틀거리는, 자본주의 힘이 살아 숨 쉬는 순간. 자칫하면 한 달치 용돈이 한 번의 큐에 바닥나게 생겼다. 그런데 어느 새, 나는 그것에 끌리고 있었다. 어떤 상점에서도 충동적으로 지갑을 열지 않는 게 나의 장기이자 특기였는데, 와인 숍에선 그런 침착함이 온데간데없어지고 말았다. 참으로 이상한 상점이다. 묘한 힘이 도사리고 있는 숍이다.

어느덧 난 움직이고 있었다. 숍 안을 서성이며 나라별 와인을 하나하나 꼼꼼히 살피고 있었다. 와인 병을 들었다가 놓는 행동을 반복하고 있었다. 세일 상품이 담긴, 바닥에 놓인 오크나무 상자를 뒤적거리고 점원을 붙잡고 이것저것 꼬치꼬치 캐물었다. 이미 내 손에는 두어 병의 와인이 들려 있었다. 있지도 않은 싱그러운 포도 향이 후각을 자극하는 것만 같았다. 신기했다. '지름'의 본능이 솟았다. 배움의 의지가 발동했다. 아마도 이 같은 지름의 본능이 숱한 와인 애호가들을 탄생시켰을 것이다. 음악 애호가가 레코드점에 가면 이 앨범도 사고 싶고 저 앨범도 사고 싶듯, 와인 애호가들은 진열대에 놓인 형형색색의 와인을 모조리 마셔보고 싶을 게다. 바다 앞에 서서 수평선 너머의 세상을 궁금해하듯, 도무지 끝이 안 보이는 와인의 세계에 관심을 가졌을 것이다. 나 역시 그렇게 될 것이 틀림없다. 이미 지름신은 왕림하셨다.

그리하여 와인 숍이 바야흐로 내 삶에 관여하게 되었다. 나는 그 동안 해오지 않던 행동을 시작하게 되었고 기존에 존재하지 않던 증상들을 몸소 겪게 되었다. 하루라도 와인 숍에 오지 않으면 눈에 가시가 돋치는 것만 같았고, 불안초조 증세에 시달리기 시작했다. 어젯밤 숍에서 보았던 와인의 라벨이 아침에 일어나면 눈앞에서 아른거렸다. 가본 적 있는 와인 바 얘기가 들리면 괜히 참견해 우쭐거리게 되었고, 와인의 전도사가 되어 주위의 죄 없는 사람들에게 와인의 복음을 전하기 시작했다. 평소에는 이모님 댁 전화번호도 헷갈려하면서 여섯 음절 이상의 와인 이름을 척척 외우기 시작했다. 어딜 가나 멀리서 아득하게 포도 향이 나는 것 같더니, 금세 그 포도 향은 공기를 타고 날아오는 전파처럼 무척이나 선명해졌다.

하지만 그것만으로 진열대에 우뚝 선 와인들과 의사소통을 할 수는 없었다. 의사소통을 하지 못한다면 저 와인들이 내게 던지는 "맛있지 않

냐?"는 질문은 허공 속에서 맴돌 뿐이었다. 도움이 필요했다. 어떤 와인이 맛있는지 어떤 와인이 맛없는지 와인의 질문에 답하기 위해선 힌트가 있어야 했다. 그래서 찾아낸 방법은 와인 숍 주인아저씨를 붙잡고 혹시 저 와인 마셔볼 수 없느냐고 졸라대는 것이었다. 저 많은 와인을 내 돈 주고 마실 수는 없었다. 세상에서 가장 맛있는 와인은 공짜 와인이라고 누군가 말하지 않았던가. 일명 '진드기와 빈대가 만났을 때 작전'을 펼치기 시작했다. 산속 별장 같은 느낌을 주는 바로 그 와인 바에 거의 하루도 빠지지 않고 매일 찾아가서 와인 한 모금만이라도 마시게 해달라고 계속 졸랐더니 어느덧 진열대의 와인보다 주인아저씨와 더 친해지는 불상사가 생겨버렸다. 주객이 전도된 일이라 나조차 자못 놀랐지만 한편으론 꼭 불상사라 할 수도 없었다. 원래 주인장과 친해지면 공으로 얻는 게 많아지는 법이니까.

하루는 주인아저씨와 그 무섭다는 와인 낮술을 마셨다. 그날도 나는 코르크를 따놓은 와인이 있지 않으냐고 살며시 의중을 살폈다. 아저씨는 전날 개최한 무료 시음회 후 남은 와인이라며 세 병의 와인을 카운터 위에 올려놓았다. 셋 다 3만 원대 와인이었고 전부 한두 잔 정도 따를 만한 양이 남아 있었다. 비록 오픈한 지 하루가 지난 와인들이지만 그럭저럭 마실 만했기에 우린 이런저런 얘기를 하며 세 병을 다 비워버렸다. 이조차 엄청난 행운이지만 난 더한 호기를 누릴 수 있었다. 새로운 술친구가 생겼다며 주인아저씨가 리바이스 청바지보다 더 비싼, 경우에 어긋나도 한참 어긋나 보이는 가격대의 와인을 쏜 것이다. 이때만 해도 맛은 잘 몰랐고, 단지 몇 년을 입을 수 있는 청바지보다 보랏빛이 진하다 못해 검게 보이는 이 과일 향의 액체가 더 비싸다는 이유만으로 나는 황홀했다. 혀와 코, 귀, 눈 모두 그 와인을 환영했고 글라스를 잡고 있는 내 손도 자랑스러워졌다. 의사소통이란 진정 이런 것이다.

와인 숍을 다니고 공짜 와인을 맛보면서 지금까지 알고 있던 '많음'에 대한 생각이 무너졌다. 서울시내 곳곳의 와인 숍마다 종류를 달리하며 빼곡하게 채워져 있는 와인은 정말 많았다. 온 세상에 존재하는 수많은 와인 가운데 지극히 적은 양만 국내에 수입되는 것이라 하니 놀라웠다. 비록 인간이 만든 와인이지만 저 수많은 와인 앞에서 난 인간의 미약함을 돌아봤다. 그러면서 내 주머니는 점점 개털이 되어 갔다. 언젠가는 한 달 월급보다 더 많은 돈이 카드 값으로 계좌에서 빠져 나가기도 했다. 그러나 와인 숍에 진열된 수많은 와인, 와인이 길들인 인간, 그들의 삶 그리고 앞으로 변해갈 나의 라이프스타일을 사랑할 수밖에 없었다. 애호가가 별 게 아니었다. 난 이제 그토록 구하려고 했던 와인이 어느 와인 숍에 있다는 소식을 들으면, 견딜 수 없는 반가움으로 울컥거리며 한달음에 달려가지 않고선 못 배긴다. 경제 여건이 허락하지 않더라도 주머니에 약간의 여유만 생기면 나는 또 다른 와인과 조우하러 와인 숍으로 달려간다. 약간의 여유조차 없다면 또 예전처럼 와인 병들을 들었다 놓기를 수도 없이 반복하면서 의사소통을 갈구하면 된다. 중요한 건 오늘도 난 와인 숍을 지나칠 때마다 지름을 꿈꾼다는 사실이다.

초보와 달콤한 와인의 함수 관계

저 초보인데요, 단 와인 좀 추천해주세요. 내가 활동하는 동호회의 묻고 답하기 게시판을 수년째 뜨겁게 달구고 있는 간판 질문이다. 와인을 처음 시작한 초보자일수록 달콤한 와인을 찾는다. 동호회 활동을 하면서 다양한 시음 모임을 주최하다 보면 그 황홀한 단맛에 반해 와인을 더욱 알고 싶어졌다는 이들을 숱하게 만나게 된다. 어떤 와인이 그토록 황홀했냐고 질문을 던지니 십중팔구 비슷한 답이 되돌아온다. '빌라 무스카델'이나 '베린저 화이트 진판델'이요. 아, 이름만 들어도 단내가 펄펄 느껴지는 와인들이여. 이마트 같은 대형 할인매장을 가봐도 가장 많이 팔려 나가는 와인이 무어냐 물으면 단연 스위트한 와인들이란다. 세태가 이러하다 보니, 나 역시 와인에 문외한인 친구가 어떤 와인이 맛있냐는 질문(솔직히, 명쾌하게 답해주기가 아주 곤란한 질문이 아닐 수 없다)을 퍼붓는 경우, 달콤함이 혀를 압박하는 독일산 리슬링이나 알코올 6도 내외에 단맛이 기막힌 이탈리아산 모스카토 다스티, 핑크빛깔이 요염한 또 다른 이탈리아산 브라케토 다키 따위를 추천해주곤 한다. 대체로 이 정도면 며칠 뒤 맛있게 잘 마셨다는 답례 인사가 돌아온다.

　와인을 처음 시작하면 으레 달콤한 와인부터 마시는 게 정석처럼 여겨지고 있다. 바이엘로 피아노를 시작하듯이 리슬링으로 와인을 시작한다는 것이다. 나는 이것이 참 신기하다. 왜 하필 달콤한 와인부터 찾게 되는지. 카베르네 소비뇽도 있고, 메를로도 있고, 샤르도네도 있는데 왜 하필 리슬링이나 화이트 진판델인 것인지. 나는 이해가 되지 않는다. 왜냐하면 나의 경우엔 그렇지 않았기 때문이다. 유럽 여행을 마치고 돌아와 각종 와인 시음회를 기웃거리며 와인을 알아갈 무렵, 나는 오히려 드라이하면서도 묵직한 맛의 와인에 반했다. 나는 단맛이 일으키는, 입 안을 바짝 마르게 하는 그 느낌이 태생적으로 싫다. 단맛은 첫 느낌은 사랑스럽지만 맛의 끝자락이 지저분하다. 그래서 모든 맛에 있게 마련인 은근한 여운을 앗아간다. 그래서 나는 사탕도 먹지 않고 크리스피 크림 도넛도 극구 사양한다. 대신 드라이한 와인에서 경험할 수 있는 심심한 듯하면서도 입 안을 꽉 죄어주는 질감은 몹시 마음에 들었다. 공허했던 입 안이 충만해지는 그 느낌. 달착지근한 맛보다는 차라리 상큼한 맛에 끌렸다. 한때 달콤한 와인은 상큼한 맛을 방해한다는 이유로 내 미움을 사기도 했다. 와인을 마시는 순서를 간파하지 못했던 시절, 단맛의 와인을 마신 후 상큼한 맛의 와인을 마셨다가 지독한 떫은맛이 밀려와 와인의 독특한 향기를 음미할 수 없게 된 적이 수차례 있었던 탓이다. 실제로도 단맛이 강한 와인에는 손이 잘 안 갔다. 마셔도 맛만 보는 수준에 불과했다. 지금도 아이스 와인 같은 건 그 귀한 값어치에도 불구하고 여전히 한 잔 이상을 마시지 못한다.

그리하여 궁금증은 짙어만 갔다. 왜들 그렇게 달콤한 와인에 열광하는 건지 논리적으로 이해하고 싶었다. 드라이하거나, 타닌이 많이 함유돼 떫은맛이 진하거나, 산미가 세게 올라오거나, 상큼한 맛이 강한 와인들보다 왜 하필 달착지근한 와인을 선호하는지 파헤쳐보고 싶었다. 맥주나 정종같이 씁쓸한 술은 잘들 마시면서 왜 유독 와인만큼은 달콤하기를 원하는 것일까. 대체 단맛이 뭐기에.

초보자들의 달콤한 와인 선호는 우리나라에서만 발견되는 독특한 현상이다. 많은 사람들은 어렸을 적 집에서 담가 마시던 과실주에서 원인을 찾는다. 포도주뿐 아니라 매실주, 딸기주, 살구주 등 종류마저 무성했던 과실주를 만드는 법이 어렴풋이 기억난다. 소주와 과일과 함께 들어가는 엄청난 양의 설탕! 우리 기억 속에 포도주는 완벽하게 단 술이었던 것이다. 이것도 모자라, 우리나라 사람 중 제대로 된 와인을 접해보지 못한 대다수는 와인 하면 동네 슈퍼마켓에서 팔던 '진로포도주'를 머릿속에 그린다. 선입견의 힘이란 막강하다. 와인도 과일을 담가 만드는 술이니 으레 단맛이 날 것이란 고정관념을 갖고 레드 와인을 마시면, 당연히 떫고, 시고, 알코올 기운이 강하다고 느낀다. 이런 상황에서 무슨 포도주 맛이 이러냐고 구박을 던지게 되는 건 일도 아닌 것이다. 맛에 대한 기준은 학습에 의한 경험의 축적에서 나온다. 최근 우리 입맛을 봐도 그렇다. 극도의 자극으로 치닫고 있는 우리 입맛도 꽤 견고한 프로세스를 통해 이루어진 것이 틀림없다. 단맛을 향한 우리나라 사람들의 깊은 애정은 미원과 다시다로 대표되는 화학조미료에 인이 박혀 생겨난 것이다. 감자를 볶으면 감자 맛이 나는 게 당연한데 왜 사골 맛이 안 나느냐고 불평이다. 견고한 프로세스는 와인에도 힘을 미친다. 선입견과 전혀 다른

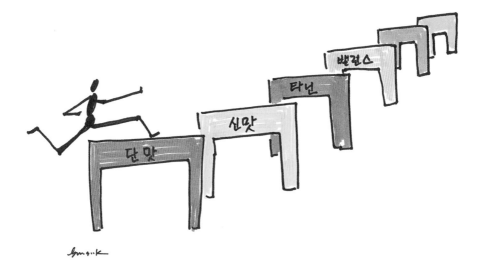

느낌의 사물을 대할 때 드는 일말의 거부감. 이것이야말로 초보와 달콤한 와인의 함수관계를 설명해주는 모범답안이 아닐는지.

한편 이런 생각도 든다. 포도로 만든 술은 꼭 달아야 한다는 편견에는 떫은맛에 대한 거부감도 자리 잡고 있지 않나 하는 생각 말이다. 레드 와인은 보통 떫은맛이 강하다. 적포도의 껍질과 씨를 통째로 사용해 발효시킬 때 타닌이라는 성분이 추출되기 때문이다. 설익은 과일이 떫은 것도 다 타닌 때문이다. 하여간 레드 와인의 깊은 맛이 형성되는 데는 타닌의 역할이 절대적이다. 하지만 우리에겐 어렸을 적 떫은맛에 대한 안 좋은 추억이 있다. 안 좋은 추억의 대표 선수는 한약과 녹차일 것이다. 콜라만이 최고의 음료였던 꼬맹이들에게 냄새도 색깔도 맛도 역했던 한약은 독약과도 같았다. 특히 속을 울렁거리게 만드는 떫은맛은 한약을 눈 딱 감고 먹지 않으면 결코 먹을 수 없는 것으로 만들어 버렸다. 녹차 역시 지금은 웰빙식품의 수장으로 온 국민의 열렬한 지지를 얻고 있지만 그때만 해도 소소한 기호식품에 불과했다. 사람들은 당연히 싫어했다. 그때의 기억이 생생한 사람들에게 떫은맛이 강한 드라이한 레드 와인은 결코 먹을 수 없는 것으로 낙인 찍혔는지도 모를 일이다.

헌데 이것만으로는 설득력이 약하다. 하나보다 둘, 둘보다 셋이라고 하는데 적어도 세 가지 근거는 있어야 할 것 같다. 초보자들이 맹목적으로 달콤한 와인을 찾는 이유는 아마도 단맛 그 자체에 대한 중독 때문이 아닐까 하는 생각이 뇌리를 스친다. 그러고 보니 단맛을 찾는 건 인간의 본능이라고 하지 않던가. 단맛, 짠맛, 쓴맛, 신맛 가운데 중독이라는 표현이 가장 많이 따라붙는 것도 바로 단맛이다. 단맛은 한번 접하면 끝도 없이 갈구하게 되는 게 꼭 마약과 같다. 양수 내로 달콤한 맛을 내는 물질을 주입하면 태아가 양수를 더 많이 삼킨다는 연구결과가 있을 정도다. 그렇다면 인간은 왜 그렇게 쉽게 단맛의 유혹에 넘어가는 걸까. 당이 우리 몸의 주요 에너지원이기 때문이라는 게 학자들의 주장이다. 다시 말하면, 인간의 뇌세포와 신경세포는 에너지원으로 혈당을 사용하는데, 스트레스를 받게 되면 뇌의 에너지 소모가 많아져 자연스레 에너지를 보충해줄 수 있는 당분을 필요로 하게 된다. 뇌에서 필요로 하는 에너지가 많으니 자꾸 단맛을 찾게 되고 그 증상이 와인을 마실 때도 그대로 적용된다는 얘기, 제법 일리가 있지 않은가. 오호라, 이제야 가닥이 잡히는군.

그런데 막상 초보자가 달콤한 와인을 찾게 되는 이유를 자그마치 세 가지씩이나 파헤치고 나니 가슴 벅찬 환희는커녕 이름 모를 허무가 밀려든다. 아무리 고쳐 생각해봐도 정답은 따로 있을 것 같다. 이러이러하고 저러저러하니 와인 초보자들은 작금의 대세대로 줄곧 단 와인을 마셔야 한단 말인가. 내 고렇게는 놔두지 못하겠다. 사실 자고로 술과 단맛은 상극이라고 한다. 술꾼일수록 달콤한 술을 즐기지 않는다. 일본에 이런 말이 있다. 술을 못 마시거나 마시지 않는 사람을 가리켜 '아마토'라 하고 술을 좋아하는 사람은 '가라토'라 한다. 풀이하자면, 각각 단 것을 좋아하는 사람과 단 것을 먹지 않고 술을 아는 사람이란 뜻이다. 술맛을 알고자 하여 와인계로 입문하려는 당신이라면 한번쯤 곱씹어볼 여지가 있는 말이다.

세상에는 무수히 많은 종류의 와인이 있는데 달콤한 와인은 그 중 새 발의 피일 뿐이다. 달콤한 와인으로는 와인 본연의 세계를 만끽하기엔 한계가 있다. 그저 세상에 존재하는 수많은 와인 가운데 이런 맛의 와인도 있다는 것을 알려는 차원에서 마시는 정도면 충분할 것이다. 아직

도 여전히 달콤한 와인에서 벗어나지 못하고 있는 사람은 많다. 하지만 그들은 와인을 알고 즐긴다기보다 그냥 달콤한 술을 즐기는 것에 불과하다. 덧붙이자면, 달콤한 와인은 여타의 와인보다 기능에 충실한 와인이다. 와인 자체로 주목받기보다 식후에 단맛이 강한 디저트를 먹듯 주로 식후주로 애용된다. 식후에 접하는 단맛이 포만감을 없애주고 소화를 촉진시켜준다는 훌륭한 기능이 있는데 애써 외면할 필요가 있느냐는 거다.

단맛의 와인을 몇 번 경험한 초보자가 있다면 나는 이렇게 권하고 싶다. 와인은 무엇보다 최대한 다양하게 마셔 다양한 경험을 쌓는 게 중요하니 이것저것 가리지 말고 다 마셔 보라고 옆구리 쿡쿡 찌를 테다. 닥치는 대로 마셔보면 어떤 녀석은 산미가, 어떤 녀석은 과실미가 강하고 질감이 부드럽거나 피니시가 유독 긴 녀석도 나올 거다. 그 중엔 틀림없이 달지 않은데도 불구하고 입맛에 잘 맞는 녀석이 있을 테고, 앞으로 한동안은 그 비슷한 맛과 향을 가진 녀석들을 집중적으로 공략하는 거다. 이 과정을 반복하면서 슬슬 단계를 올린다. 얕은 맛에서 깊은 맛으로, 단순한 맛에서 복잡한 맛으로, 가벼운 맛에서 무거운 맛으로, 그러면서 최종적으로 자신의 취향을 찾아낸다. 이거거든! 그러고 보니 와인을 즐긴다는 건 자신의 입맛을 끌어 올리는 과정이라고 할 수 있다.

묻고 답하기 게시판에 이런 글이 올라오길 기대한다. 지난번에 친구랑 어쩌고저쩌고 리슬링 카비네트란 것을 마셨는데 너무 맛있었어요. 달콤해서 너무 좋았고요. 근데 와인은 맛이 정말 다양하다고 하던데요. 다음엔 어떤 맛의 와인을 마셔보면 좋을까요.

그럼 나는 다음과 같이 리플을 달아줄 테다. 값싸고 맛있는 걸로 드셨네요. 그럼 이제 판을 올리셔야겠죠. 화이트 와인부터 소개할게요. 바닐라나 버터 향이 풍부하게 올라오는 4만 원대 미국산 샤르도네나 굴, 새우 등 신선한 해산물과 금상첨화인 뉴질랜드산 소비뇽 블랑을 드셔보세요. 다음은 레드 와인 차렙니다. 기분 좋은 후추 향이 코를 간질이는 칠레산 카르메네르나 과일 향이 풍성한 미국산 진판델, 묵직한 질감의 풀 바디가 일품인 호주산 시라즈 등이 적당하겠네요, 라고 말이다. 와인을 마신다는 건 편견 없이 다양성과 조우하겠다는 선언과 다르지 않다. 술맛을 알기 위해 칼을 뽑았으니 지금부터는 닥치는 대로 마시기만 하면 된다. 달콤한 녀석은 이미 쓰러뜨렸으니 자, 다음 선수!

내 멋대로 하는 와인 테이스팅

와인에서 가장 어려운 일은 단연코 테이스팅이다. 한 번도 마셔보지 못한 와인을 접할 때는 늘 난감하다. 혓바닥 구석구석과 목구멍의 감촉까지 총동원해서 나름대로 와인의 맛을 파악하려 안간힘을 쓰지만, 대체 무슨 맛이라고 표현해야 할지 알 수가 없다. 맛있기는 한데 어떻게 맛있는 건지도 알아차릴 수 없다. 오, 나의 미약한 어휘력과 무딘한 혀에 자비를. 하지만 와인 테이스팅의 근본 이유는 자명하다. 어떤 맛인가, 왜 맛있는가, 맛이 없다면 어째서 맛이 없는가를 파악하는 것이 아니던가.

하루에 대여섯 가지 와인을 맛보는 시음회는 훨씬 더 가혹한 자리였다. 아무리 마셔도 내겐 그놈이 그놈이었다. 서브된 와인에선 하나같이 비슷한 포도 맛이 나면서도 어딘가 조금씩 다른 것 같긴 한데, 그 미세한 디테일의 차이를 알아내기란 미물의 혀를 지닌 내가 덤비기엔 너무도 고난도의 테스트였다. 게다가 시음회에 참석한 다른 사람들까지 내 기운을 더욱 꺾었다. 시음회에 오는 사람들은 모두 맛 감별사 같았다. 이 와인은 카베르네 소비뇽과 메를로가 적절한 조화를 이루고 있네, 이 와인은 아직 마시기엔 이르네, 이 와인은 디캔팅을 너무 오래 해서 힘이 다 빠져버렸네, 이 와인은 산도가 너무 미비한 반면 단맛이 유독 강하네, 그야말로 프로페셔널이 따로 없었다. 모두들 치밀하고 격정적인 감각의 소유자들이었다. 거기서 난 묵묵부답 벙어리일 뿐이었다. 무엇을 어떻게 말해야 할지 몰라 죄 없는 휴대폰만 만지작거렸고 불쌍한 유인물 자료만 신경질적으로 뒤적거렸다.

그래도 난 나름대로 이론엔 훤하다고 자부하고 있었다. 숱하게 읽은 책, 다리품 팔면서 참석한 시음회, 비싼 돈 주고 다닌 와인스쿨 등을 통해 와인 테이스팅을 어떻게 하는 것인지는 숙지하고 있었기 때문이다. 테이스팅 방법뿐만 아니라 지역별 와인의 특성, 다양한 포도 품종의 이름과 각각의 특징, 죽기 전에 꼭 마셔야 할 와인들의 이름, 종목별 추천 와인 등도 줄줄이 꿰고 있었다. 그것들은 그저 책에 적혀 있는 대로, 사이트에 올라와 있는 대로, 달달 외우기만 하면 되었다. 책에 나온 와인 테이스팅 방법은 그 내용이 극히 단순하고도 짧아 절대 착각하는 법도 없었다. 그 동안 배운 것을 간단히 정리해보면 다음과 같다.

하나, 냅킨이나 테이블보 등 흰 면에 와인 잔을 대고 빛깔을 본다.

둘, 보다 많은 산소를 와인과 만나게 하기 위해, 그로 인해 더 풍성한 부케를 형성하도록 세 번 정도 잔을 돌린 후 향을 맡는다.

셋, 입 안에 더도 말고 덜도 말고 딱 한 모금만 머금고 3~5초 간 입 안 전체에 굴린 뒤 와인을 최대한 천천히 삼킨다.

넷, 와인의 전반적인 느낌을 감상한다.

어느 시음회에서도, 레스토랑에서 와인을 주문해 마실 때도, 집에서 홀로 마일즈 데이비스를 틀어놓고 와인을 한 병 딸 때도, 친구들과 소비뇽 블랑을 잔뜩 사 들고 피크닉을 가서도 나는 언제나 이 4단계 원칙을 고수했다. 하지만 시간이 흐를수록 그것만으로는 부족하다는 생각이 들었다. 엄밀히 말해 와인 테이스팅의 4단계 원칙은 그저 '매뉴얼'일 뿐이었다. 와인의 맛을 제대로 캐치하기 위한 테이스팅 노하우라기보다 테이스팅을 위한 프로세스에 불과했다. 솔직히 살면서 이런 경우는 자주 접한다. 우리가 절실히 원하는 건 '물 550ml를 끓인 후 둥근 면과 분말스

프, 플레이크를 넣고 5분 간 더 끓인 뒤 삶은 달걀, 유부, 계절마다 즐길 수 있는 신선한 채소와 함께 드시면 한층 더 맛있게 먹을 수 있다'는 조리법이 아니라, 얼마나 센 불에 물을 끓여야 하며 면과 스프, 플레이크 중 무엇을 가장 먼저 넣어야 너구리가 맛있게 끓여지는지, 또 보다 풍부한 맛을 내기 위해선 그밖에 어떤 토핑을 선택해야 하는가에 대한 스킬과 테크닉이 아니던가. 내게 필요한 건 내가 마시는 와인의 정체를 파악하는 노하우였다. 그렇다고 전문가들처럼 와인의 맛을 철저히 해부해 분석해보겠다는 오만 방자한 꿈을 지닌 것은 아니었다. 어떤 와인이 맛있고 맛이 없는지, 어떻게 맛있고 어떻게 맛이 없는지에 대해 스스로 터득하고 남들에게 말할 수 있을 정도만 되자, 딱 그만큼의 목표였다.

결국 새로운 전략을 수립했다. 각 와인을 한마디로 대변할 수 있는 와인별 특성을 딱 한 가지씩이라도 정확히 알아내자는 전략이었다. 널리 알려진 전략이지만 여전히 미물의 혀를 지닌 나에게 그것만큼 적합한 전략은 없어 보였다. 이후, 굳은 결의로 똘똘 뭉친 마음가짐과 투철한 정신무장으로 열심히 테이스팅에 임했다. 테이스팅의 결과는 반드시 기록으로 남겼다. 문장으로 기록해두지 않으면 금세 까먹어 버릴 게 안 봐도 DVD였기 때문이다. 그러다 보니 한동안 나의 시음노트는 이런 식으로 채워졌다.

키안티 클라시코 폰테루톨리 2001: 시다. 역시 산지오베제다.

토레스 마스 라 플라나 1998: 길게 지속되지는 않지만 강렬한 흙냄새. 아니 버섯 향인가?

펜폴즈 빈 407 2000: 이것이 카베르네 소비뇽의 맛. 이렇게 묵직한 녀석이 목넘김은 오비맥주 같네그려.

샤토 다가삭 2001: 온화한 풀 바디가 일품이긴 한데 술에서 피비린 내가 남.

E&J 갈로 스테파니 비냐드 1997: Holy Shit! 내가 좋아하는 연필심 향!

샤토 라 콩세이앙트 2001: 젊고 싱싱한 밸런스. 마치 공부를 참 잘하는 고2짜리 아이가 운동도 잘하고 성격도 좋고 집안도 좋고 예쁜 여자친구까지 가지고 있는 듯한 그런 느낌.

사시카이아 2000: 모나미 볼펜 향→ 커피 향→ 참나무 훈연 향→ 애완동물 오줌 향→ 음……, 좋은 와인에서 으레 나는 바로 그 (뭔지는 잘 모르겠네).

클로 드 부조 1999: 꽃밭. 그저 꽃밭.

내 시음노트를 보고 와인의 맛을 유추해내는 사람은 그리 많지 않았다. 그럴 만도 했다. 언젠가부터 나는 테이스팅을 통해 와인의 정체를 파악해내기보다 말장난의 극을 달리고 있었다. 요것을 명사형으로 끝낼까, 아니면 일반 문장처럼 동사를 쓰는데 사람들이 잘 안 쓰는 단어를 골라 써볼까. 일간지 1면 헤드카피처럼 힘을 잔뜩 줘서 써볼까, 아니면 내 중학생 사촌동생이 주로 내뱉는 도대체 무슨 소린지 알 수 없는 단어들을 차용해볼까. 글자 대신 차라리 그림을 그려볼까. 이러니 와인 테이스팅이 제대로 될 리 없었다. 이게 무슨 금주의 개봉작 20자 평도 아니고 말이지. 정성과 열의라곤 코딱지만큼도 없는 테이스팅이었다. 물론 내가 마신 와인과 전혀 상관없는 얘기를 끼적거린 건 아니다. 하지만 지극히

순간적으로 떠오른 즉흥적인 시음 느낌 그 이상도 이하도 아니란 것 또한 사실이었다. 세상에 어떤 와인 자료를 찾아봐도 이토록 무성의한 시음노트는 없을 것이다. 변화가 필요했다. 반성이 있어야 했다. 이렇게 가다간 앞으로 와인의 정체를 파악하거나, 이 와인이 어떻게 맛있는 건지 왜 맛이 없는 건지 절대로 알아낼 수 없을 것 같았다.

문제는 또 있었다. 시음회를 가면 나눠주는 자료에는 보통 해외 유수의 와인 관련 매체에서 발췌한 시음노트가 수록되어 있다. 미국 최고의 와인잡지인 『와인 스펙테이터』, 놀라운 미각을 소유한 와인 평론가 로버트 파커의 리뷰가 실리는 『와인 애드버케이트』, 영국이 자랑하는 전통의 와인 정론지 『디캔터』 등의 시음 리뷰가 그것이다. 문제는 아직도 미물에 머물러 있는 내 혀가 나도 모르게 이들 매체에서 평한 테이스팅 리뷰에 쓰여진 대로 맛을 느끼고 표현한다는 점이었다. 무의식적인 현상이지만 의식의 힘으로 통제할 수 없었다. 방금 마신 와인이 정확히 무슨 맛인지 모르겠는데도 로버트 파커님께서 그것은 블랙커런트 혹은 카시스의 맛이더라고 말씀하시면, 블랙커런트나 카시스가 무슨 열매인지도 모르면서 기꺼이 블랙커런트, 카시스 맛이라 결론 내렸다. 이것은 말도 안 되는 오류였다. 남들이 알면 참으로 부끄러운 비밀이기도 했다. 로버트 파커님이면 차라리 괜찮다. 수입사에서 외국어 자료를 달랑 번역해 나눠준 안내문에 적힌 대로 시음 노트를 쓰는 경우도 허다했다. 주관이라곤 찾을 수 없었다. 그러니 와인 테이스팅 실력이 향상될 턱이 없었다.

이래서는 곤란하다는 생각이 들었다. 명색이 내 입과 혀, 내 코, 내 두뇌를 이용한 테이스팅인데 이토록 주체적이지 못하고, 마치 TV 쇼프로에서 여자 연예인에게 화살표를 못 받아 질질 끌려나가는 남자가수마냥 남들 목소리에 휙휙 끌려 다닐 수는 없었다. 뭔가 체계적이고 좀더 성의 있고 집중력을 요하는, 마치 골 결정력이 딸리면 양 사이드 윙백의 오버래핑으로 커버해주는 나만의 새로운 테이스팅 시스템이 필요했다. 그래야 내가 마신 와인이 어떤 맛인지도 되새길 수 있고 나중에 그 와인을 다시 만났을 때 그 맛이 어떠했노라고 기억해낼 수 있을 것 같았다. 그래야 시음회에서 마음에 들었던 와인을 숍에서 발견했을 때 머뭇거리지 않고 당당히 구매할 수 있을 것 같았다.

전략을 바꿨다. 와인을 크게 보자는 전략이었다. 향이 어떻다는 둥 맛이 어떻다는 둥 단편적인 느낌을 잡아내려고 애쓰지 않고 시야를 좀더 멀리 두었다. 시음 후 곧바로 그 느낌을 말로 표현하려고 하지 않았다. 느낌을 언어로 바꾸려는 노력이 오히려 시음을 망쳤기 때문이다. 와인을 마신 후에 물러나 앉아 얼마간 전체적인 느낌을 되살리는 데 포커스를 맞췄다. 와인 테이스팅의 4단계 중 마지막 단계, 즉 '와인의 전반적인 느낌을 감상한다'에 올인한 것이다. 그렇다. 와인은 풍미다. 우리는 어떤 와인에 대해 호불호를 판단할 때 단편적인 느낌에만 기대지 않는다. 아무리 피니시가 좋더라도 타닌이 강해 지나치게 떫거나, 또 아무리 향이 좋더라도 무게감이 약하고 와인에 매가리가 없으면 결코 베스트로 인정하지 않는다.

와인의 전반적인 느낌을 평가하려면 무엇보다 다양한 항목을 체크해야 했다. 와인을 마실 때 받은 인상을 떠올리고 집중하려면 항목을 요목조목 정리할 필요가 있었다. 그래서 택한 것이 와인을 마신 후 스스로 질문을 던지고 그에 대해 스스로 답을 다는 포맷이었다. 몇 가지 항목에 답을 다는 것이니 일종의 설문조사식 테이스팅이라 할 수 있다. 이 새로

운 시스템으로 몇 번 시음에 임해본 나는 이 방법이 다른 어떤 방법보다 편하고 우월하다는 사실을 알 수 있었다. 대한민국의 교육 시스템에서 초·중·고·대 십수년을 보낸 나에겐 두서없이 적어나가는 것보다 주어진 문제에 답을 다는 편이 훨씬 익숙했다. 물론 그 와중에도 20자 말 장난을 포기하진 않았다. 와인 마시는 것도 어차피 다 노는 일이니까.

이 설문조사식 테이스팅에 익숙해지면서, 와인을 마시는 건 갤러리에서 미술작품을 관람하는 것과 비슷하다는 사실을 깨달았다. 갤러리에서 우린 이 방 저 방 다니면서 그림을 감상하며 자신의 기호에 따라 좋은 인상 혹은 나쁜 인상을 받는다. 어떤 작품이 마음에 들면 더 알고 싶어지기도 한다. 누가 그린 건지, 언제 어떻게 그린 건지, 작품과 관련된 역사적 사실은 무엇인지에 대해. 와인도 마찬가지다. 꾸준한 테이스팅을 통해 좋은 와인을 새로 발견한 경우 자연스레 그 와인에 대한 모든 것이 알고 싶어진다. 제조사, 포도 품종, 재배지역, 블렌딩, 역사적 사실 등. 자, 그러려면 미술작품 감상법부터 알고 가야겠지?

설문조사식 와인 테이스팅 : 이름하여 풍미 감상법

□ 바디감이 가벼웠나, 무거웠나? 아니면 그 중간 정도였나?

□ (화이트 와인의 경우) 산도는 적당했나?

□ (레드 와인의 경우) 타닌이 너무 강하거나 묽지 않나? 딱 좋았나, 아니면 아쉬웠나?

□ 단맛, 과일 맛, 신맛, 떫은맛 중 가장 두드러진 맛은 무엇이었나?

□ 각 요소의 조화, 즉 전체적인 밸런스는 어떠했나?

□ (가장 실용적인 질문!) 제 값을 했나?

□ 너무 일찍 오픈한 것 같지는 않았나? 숙성이 덜 돼 너무 어리지는 않았나?

□ 어떤 음식과 잘 어울릴 것 같나?

□ (가장 중요한 질문!) 당신 입맛에 맞나?

와인 1년차의 W 다이어리

 본격적으로 와인을 접하기로 작정한 2003년, 입문 1년차 시절의 일기이다.

2003년 1월 1일 _ 새해를 맞아 본격적으로 와인을 마시기로 결심했다. 와인을 마시는 이유는 두 가지다. 와인이라는 술에 대한 참을 수 없는 궁금증 풀기와 인생에서 로망 찾기. 그래서 집 근처에 얼마 전 오픈한 와인 숍을 정찰하고 돌아왔다. 근데 뭐가 뭔지 하나도 모르겠다. 평소의 기억력을 고려했을 때 과연 그 많은 와인의 이름을 어떻게 외울 것인가 살짝 두렵긴 했다.

2003년 2월 2일 _ 금요일 저녁, 와인 동호회로 짐작되는 한 무더기의 거대한 음주 조직이 옆 테이블에서 와인을 마시고 있다. 그들을 관찰하니, 좀더 체계적으로 마시고 싶다는 생각이 든다. 언제까지 '몬테스

알파'와 '빈 555'만 마실 수는 없는 일이다. 다음 달에는 와인 스쿨에 등록해볼까?

2003년 2월 15일 _ 닥치는 대로 마시고 보자는 전략으로 숍 매니저가 추천하는 중저가 와인은 모조리 사다 마시는 중이다. 이제껏 사 마신 와인의 수만 해도 벌써 열일곱 병. 매장 중앙에서 프로모션 행사 중인 와인들 언제 다 마시나 까마득했는데 '음, 와인이란 게 대략 이런 맛이군' 하는 거만한 소리가 나온다. 오늘은 미국산 메를로와 칠레산 카르메네르를 맛봤다. 다음주엔 이탈리아 피에몬테산 와인에 도전해봐야지. 은행 잔고가 서서히 줄고 있지만, 그래도 일단 마시고 보련다. 아자!

2003년 3월 1일 _ 도대체 이곳은 어디인가. 생전 처음 보는 광경이다. 와인 애호가들이 북적댄다. 얼굴이 벌겋게 달아오른 사람들의 모습이 열정적이다. 혼자 온 사람은 나뿐인 것 같다. 내 앞에 놓여 있는 열 개의 와인 글라스를 보니 가슴이 콩닥거린다. 겁도 없이 블라인드 와인 시음회에 와버렸다. 와인에 대해 별로 아는 것도 없으면서. 지금껏 대략 서른 병 정도의 와인을 마셨으니 일단 이것저것 다양한 와인을 마셔보자는 데 의의를 두었다. 입에 착 달라붙는 맛을 지닌 건 다음에 꼭 다시 마셔봐야지 하는 의욕 어린 다짐도 해본다. 어영부영 아무것도 모르는 채로 참석해서 겨우 만취 상태만 면했다. 물론 성과도 있었다. 열 개 와인 중에 칠레산 카베르네 소비뇽은 그 품종을 맞혔던 것이다. 엊그제 마셨던 바로 그 와인, '카사 라포스톨 카베르네 소비뇽'이 나왔다. 오호라, 내 몸 안에서 기지개를 펴고 있는 마시는 재능을 깨워줘야 하겠다. 흐뭇!

2003년 3월 11일 _ 저 아저씨는 와인 도사란 말인가. 나는 생전 처음 보는 와인들이 신기할 뿐인데, 저 아저씨는 등장하는 와인마다 모르는 게 없다. 어떻게 와이너리의 역사에서 맛의 특성, 우수 빈티지까지 줄줄 꿰고 있단 말인가. 음메 기죽어. 초보 애호가의 주눅 들기는 언제쯤 면하게 되려나. 흑흑.

2003년 3월 28일 _ 제정신인가. 오늘은 큰 맘 먹고 내 돈 주고 15만 원짜리 '샤토 랭슈 바주'를 질러 버렸다. 와인 사부와 둘이서 참석한 한 시음회에서 1998년산에 완전히 마음을 빼앗겼기 때문이다. 와인 셀러가 없는 관계로 어떻게 보관할까 고민하다 그냥 마시기로 했다. 10만 원이 넘는 와인을 내 돈 주고 산 건 이번이 처음이다. 은행 잔고를 바닥내지 않기 위해 애쓰는 중이다. 집에 와서 마일즈 데이비스를 틀어놓고 벽을 쳐다보며 혼자 다 마셨다. 선배가 노루오줌 냄새라 했던 바로 그 향이 코를 찌르는데, 정말이지 황홀했다. 그러고는 바로 곯아떨어져 코를 골았다(고 한다).

2003년 4월 1일 _ 오늘은 코르크스크루를 사 가지고 집에 왔다. 그동안 난 왜 이리도 와인 병을 잘 못 따는 걸까 스트레스를 제법 받았는데 알고 보니 다 코르크스크루 탓이었다. 프로모션 행사 때 공짜로 받은 코르크스크루가 불량품이었던 것이다. 새로 산 코르크스크루는 과연 스무드했다. 앞으로 코르크 따는 재미가 쏠쏠해질 듯하다. 언젠가 나도 소믈리에처럼 멋지게 와인 병을 오픈할 수 있으리라. 파이팅!

2003년 4월 18일 _ 오늘 드디어 흙냄새를 맡아 버렸다. 스페인산 와인 '토레스 마스 라 플라나' 1997년산. 가죽 향이 먼저 후각을 자극한 뒤, 동호회 사람들 사이에 흙냄새라 통용되는 미네랄 향이 강하게 풍긴다. 그리고 스페인 와인에서 느낄 수 있었던 적당한 스위트함과 미디엄 풀 바디의 묵직함이 혀를 적신다. 아, 이 와인은 나의 영원한 베스트가 될 것만 같다. 왠지 베이글에 크림치즈 듬뿍 발라서 먹을 때 곁들이면 잘 어울릴 듯. 이렇게 맛난 와인을 발견하다니 꿈을 꾼 것 같다.

2003년 5월 2일 _ 지난 넉 달 동안 죽어라고 와인만 마셔대 블라인드 테이스팅에서 품종이라도 한두 개 맞힐 수 있을 줄 알았는데 천만의 말씀, 만만의 콩떡이다. 어쩜 그렇게 맛이 다 똑같은지 한 개도 못 맞혔다. 와인 사부는 진정한 고수들도 맞히기 어렵다고 위로했지만 아무래도 난 아직 멀었다. 좀더 집중해 짜임새 있게 마셔야겠다.

2003년 5월 30일 _ 오늘 아침 내 생애 최악의 숙취를 경험했다. 어젯밤 간만에 열린 성대한 와인파티에서 혼자 세 병은 족히 비웠나 보다. 온몸의 혈관 속을 와인이 흐르고 있는 느낌이다. 그리고 그 엄청난 두통! 머리가 빠개지는 줄 알았다. 와인 숙취는 뭘로 풀어야 할지 몰라 그냥 신라면을 끓여 먹었더니, 라면이 어제 먹은 치즈랑 뱃속에서 뒤섞여 요동을 친다. 아, 내일도 홍대 앞에서 와인 약속이 있는데. 큰일이다. 이러다간 제 명에 못 죽을 것 같다. 그러나 돌이키기엔 이미 너무 먼 길을 와버렸다. 이 고생을 하는데도 자꾸 와인이 좋아진다.

2003년 6월 14일 _ 어쩌다 보니 시음 모임을 주관하게 되었다. 와인에 대해 아는 바가 너무 없지만 못하겠다고 거절할 수 없었다. 오늘 나온 분들의 외모가 죄다 성형수술 전 연예인 모모씨 같았다는 사실은 그다지 중요하지 않다. 알면 아는 만큼 모르면 모르는 만큼, 취향이 비슷한 사람끼리 모여서 같이 마시는 즐거움. 와인의 또 다른 매력이다.

2003년 7월 6일 _ 와인을 안다는 건 와인들의 이름과 개성을 알고 나중에 우연히 다시 만났을 때 친한 척할 수 있는 수준 정도를 말하는 것이 아닐까. 그래서 생각해보았다. 내가 아는 사람들에게 모두 와인을 짝지워주기로. 가령 영희 너는 볼네처럼 우아하구나, 미숙이는 소비뇽 블랑처럼 상큼해. 윤주는 브라케토 다키같이 언제나 사람들에게 희망을 주는 존재야, 경아는 레이트 하비스트와 같으니 꼭 성공할 거야 등. 근데 그러기 위해선 일단 와인에 대해 잘 알아야만 하겠다.

2003년 8월 5일 _ 날이 너무 더워서일까. 와인이 도무지 맛이 없다. 땀이 비 오듯 흘러내리는데 눈앞에 아른거리는 건 와인이 아닌 차가운 맥주 한 잔이다. 와인아, 배신해서 미안하다. 우리 선선해지면 다시 만나자.

2003년 9월 7일 _ 간의 해독작용이 부쩍 줄었다. 배도 다시 불룩 나와 버렸다. '프렌치 파라독스'라던데, 나처럼 마셨다 하면 한 병씩 해치우는 인간에겐 해당되지 않는 얘긴가 보다. 그렇다고 여기서 와인을 멈출 순 없다. 지금 난 와인을 배워가는 묘미에 푹 빠져 있다. 내가 와인에 중독되는 이유들에 대해 생각했다. 이제 이렇게 퍼 마시다 죽어도 좋겠다는 생각이 들었다. 행복을 느끼는데 그깟 건강이 대수겠냐 했는데 건강은 역시 대수였다. 행복함을 만끽하고 나서 죽는 것을 기꺼이 받아들이자고 말할 수 있으면 참 좋으련만, 난 그렇게 배짱 좋은 녀석이 못 됐다. 타협이 필요한 시점이다. 결국 더 많이 마시려면 운동을 해야겠다는 걸로 노선을 선회했다.

2003년 9월 19일 _ 펜션으로 엠티를 가서 무려 열세 병의 와인을 해치웠다. 그것도 달랑 여섯이서. 마저 비워야 할 와인이 다섯 병도 더 되는데 달큼한 것이 목에서 올라왔다. 그토록 좋아하는 와인도 맥주병 쌓아놓고 마시듯 퍼부으니까 제 맛이 안 난다. 만취해 드러눕는 자도 속출했다. 이건 아니다. 이렇게 마시는 건 그냥 술이지 와인이 아니다. 이런 식으로 마시다간 로망이 사라지겠다. 와인 앞에서 좀더 예의를 차려야겠다.

2003년 9월 26일 _ 아주 맛있는 포므롤 와인을 발견했다. '샤토 시오락'. 6만 원대 프랑스 와인이라는 점을 고려하면 굉장한 수확이다. 앞으로 누군가 같이 마시자고 눈빛을 날리면 바로 '콜!' 들어가련다. 나는 포므롤 와인을 마실 때마다 기압골이 떠오른다. 메를로 블렌딩 특유의 부드러움(온난전선) 사이로 파워(한랭전선)가 마구 치고 들어오는 기분. 샤토 시오락도 그랬다. 이 와인은 앞으로 종종 만나게 될 것 같은 예감이다.

2003년 10월 8일 _ 『와인 스펙테이터』톱 텐에 랭크된 와인을 무려 열 가지나 시음할 수 있다는 데 귀가 번쩍 뜨였다. 하지만 와인은 솔직한 술이었다. 맛을 보는 혀가 간사한 건지 머리가 먼저 와인을 맛보려 해서 인지 나의 감각은 아직 어설프다. 오늘도 맞힌 와인이 없었다. 반면 소중한 교훈을 얻었다. 와인은 사람과 사람의 관계를 윤택하게 만드는 촉매제였다. 와인에 대한 지식이란 얼마나 작고 미천한 것인가. 반면 좋은 사람들과 나누는 와인 한 잔은 그 무엇과도 바꿀 수 없을 만큼 즐겁고도 즐거운 것이다.

2003년 11월 1일 _ 집 근처 가게에서 스코틀랜드 아저씨가 직접 만드는 소시지를 사다가 키안티 클라시코에 구워 먹었다. 맛있었다. 키안티 클라시코가 동이 나자 잽싸게 편의점으로 뛰어가 '마주앙 메독'을 사왔다. 오, 그것도 맛있었다. 죽도록 행복했다.

2003년 11월 17일 _ 와인이 체면 유지용 술로 취급받는 게 싫다. 올바른 음주문화가 정착되지 않은 사회에서 볼 수 있는 증상이 아닐까. 우리나라에선 남에게 내가 어디서 무슨 와인을 마시고 다닌다는 사실이 어떤 인상을 풍길지 따지는 게 미각의 취향보다 더 중요하다. 비싼 스테이크 디너를 먹어도 김치찌개와 한 그릇의 밥을 더 생각하는 식문화는 인정하면서도, 몇 십만 원짜리 '샤토 라투르'보다 몇 만 원짜리 칠레산 와인 한 병이 더 좋다는 것은 왜 인정하지 못하는 걸까.

2003년 12월 8일 _ '코트 로티'와 '샤토 보카스텔'과 '에르미타주'를 하루에 다 시음하는 사치를 누렸다. 하지만 왜들 그렇게 맛이 없었는지. 모두들 예전에 마셨던 것만큼 감동적이지 않았다. 곰곰이 생각해봤다. 왜 그럴까. 머릿속엔 한 문장이 떠올랐다. 코트 로티든 보카스텔이든 한두 번 마셔보고 어쩌고저쩌고 평가내릴 생각하지 말 것! 그래서 오늘도 겸손한 마음으로 머리 조아리며 방 안에 있는 와인을 바라본다.

2003년 12월 20일 _ 송년회 탓에 몸이 한없이 망가지고 있다. 그 와중에도 와인 모임엔 빠지지 않는다. 어젯밤에도 다섯 명이서 세 병을 땄다. 새벽 한 시에 와인 바의 문을 열고 나오면서 이런 생각을 했다. 이거 참 큰일일세. 돈 엄청 깨지는 줄 알면서도 자꾸 비싼 와인을 지르게 되네. 그래도 어쩔 거야. 마시면 마실수록 더 좋은 와인을 경험해보고 싶은걸. 헐헐. 빨리 돈이나 벌자. 그것만이 살 길이다. 근데 내일은 뭘 마실까. 허걱. 벌써부터 다음에 지를 와인 생각을. 거참 큰일이로세.

2003년 12월 31일 _ 지난 1년 동안 와인과 함께 했던 순간을 돌이켜보니 감동의 눈물이 울컥 솟아오른다. 와인 앞에서 나는 점점 뜨거워지고 있다. 나도, 이제, 와인쟁이다.

와인을 마시면서 생겨난 버릇들

와인과 친해지고 나서 몹시 만족스러웠던 사실 하나는 그토록 바꿔보려 해도 좀처럼 옴짝달싹하지 않던 고약한 생활습관이 마치 언제 그랬었냐는 듯 싹 사라졌다는 점이다. 생활습관이란 말이 나와서 하는 말인데, 와인을 시작하기 전의 나는 '게을러터진 나'로 대변될 수 있다. 일해온 잡지판에서 나는 제법 손 빠른 에디터로 소문나 있었다(지금도 그러하면 좋으련만!). 그러나 일터를 떠나 집으로만 오면 달랐다. 집에서 나는 늘 '붙어 있는' 인생을 고수했다. 침대에 붙어 있었고, 방바닥에 붙어 있었고, TV 앞에 붙어 있었다. 당최 움직일 줄을 몰랐다.

가장 큰 원흉은 술이었다. 술자리가 열리면 일단 취해야 본전, 맛 가야 상책, 뻗어야 카타르시스인 줄로만 알았다. 도무지 빼는 법을 몰랐고 주는 술은 다 받아먹고 남은 술까지 몽땅 해치우던 시절이었다. 그러나 술에는 장사 없다. 인간이 술과 맞붙었을 때의 승률은 1985년 야구팀 삼미 슈퍼스타즈의 승률보다도 낮다. 과도한 음주 후 할 수 있는 건 오직

시체놀이뿐. 그러다 보니 출근하지 않는 날이면 오전은커녕 오후 내내 침대에 붙어 있을 수밖에 없었고, 그나마 술이 좀 깨더라도 조몰락거릴 수 있는 건 TV 리모컨 말고는 없었던 것이다(어머니, 그 동안 심려를 끼쳐드려 죄송함다, 꾸벅).

이 못난 소자는 당시 술자리 때마다 외쳤다. 나사가 수십 개는 빠진 것처럼 느슨한 라이프스타일과 자기관리라곤 도무지 찾아볼 수 없는 될 대로 되라는 식의 '마구 살이 전법'도 나름의 개성이요, 스타일이라고. 어디 나처럼 일관적인 사람 있으면 나와보라고. 이렇게 마음 편히 사는 것도 다 긍정적인 사고방식이 있기에 가능한 거라고. 하지만 그것은 허풍이었다. 주위 신경 안 쓰고 질풍노도처럼 거침없이 살아온 20대와 이별을 고함과 동시에 변변한 제 앞가림을 위해 세상과 타협해야, 아니 세상에 고개 숙이고 무릎까지 꿇어야 하는 30대를 맞이하려니, 눈앞이 캄캄해졌다. 이렇게 살아선 내 앞가림이 변변할 리 없었다. 밥벌이에 목숨마저 걸어야 할지 모를 30대를 코앞에 둔 지금, 낡

은 것을 버

리고 새것을 껴안는 것만이 살길이라는 선조들의 오랜 가르침을 따라야함을 본능적으로 알아차리고야 만 것이다.

하지만 우리가 한때 열심히 흥얼거렸듯, 습관이란 건 무서운 거다. 한번 몸에 밴 라이프스타일은 쉽사리 지워지지 않을 터. 나 역시 그 몹쓸 습관을 버리기 위해 숱한 노력을 기울였지만 번번이 실패했다. 술자리가 잦은 금요일 저녁 시간에 일부러 학원을 등록했고, 술을 못하는 여자와의 소개팅 약속을 반드시 금요일 저녁으로 잡기도 했다. 피치 못한(?) 술자리에 가는 경우라면 반드시 '막강 겔포스'와 '백전백승 컨디션'을 섭취하고 갔다. 주머니가 두둑한 날엔 '오 놀라워라, 여명 808'까지 먹고 갔다. 심지어 내 방 책상 위 벽면에는 몹쓸 습관을 고칠 수 있노라는 강한 의지를 담아 '하면 된다!'는 문구를 써 붙이기까지 했다(아, 요건 거짓말이다). 그럼에도 게을러터진 나는 변하지 않고 그대로였다. 나는 좌절하고야 말았다. 해병대 출신도 아닌데 한번 게으름뱅이는 영원한 게으름뱅이로 살아야 하는 운명이란 말인가?

이 모든 것을 와인이 해결해줬다. 와인을 마시면서부터 놀라운 '라이프스타일의 유체 이탈'이 시작된 것이다. 일단 과음하는 날이 모습을 감췄다. 술로 인해 코가 비뚤어지는 일도 줄어들었고, 와인을 주로 마시니 광란의 주범인 소주와 양주를 마시는 날도 줄었다. 술을 빨리 마시는 버릇이 사라지자 한 잔을 마시더라도 제 맛을 낼 때까지 참고 기다릴 줄 아는 지혜를 터득했다. 술 먹고 다 죽자는 친구 녀석들을 외면하고 와인 시음회에 참석하는 날이 늘었다. 와인을 마시는 자리가 많아질수록 술자리의 목적은 술이 아닌 사람이라는 신비하고도 놀라운 진리도 깨우쳤다(이제야!). 아내를 만나기 전까지 겪었던 수많은 소개팅 실패의 기억에는 '부어라 마셔라 소주!'가 원인으로 자리하고 있다는 점에 아차 싶기도, 아니 다행이었다(휴~ 살았군).

하지만 라이프스타일의 획기적인 변화와 고약한 습관의 유체 이탈이 준 혜택을 누리는 것도 잠깐. 와인이라는 새로운 취미는 별난 버릇을 낳았다. 와인에 막 빠지기 시작한 사람들은 대개 이 느닷없는 증상에 당혹스러워 한다. 나 역시 그랬다. 그토록 고치고 싶었던 악습관을 하나둘 퇴치하고 나자 별 희한한 버릇이 내 몸에 들어서 있었다. 너무나 이상해서 주위의 와인 선배들을 붙잡고 물었다. '게을러터진 나'를 떨쳐버린 지 얼마 되지 않았는데 이러다가 다시 '당황스러운 나'가 되어 말짱 도루묵 되는 거 아니냐고. 그러자 선배들 왈, 쿄쿄쿄. 아니, 이 무슨 괴상망측한 웃음이란 말인가. 자기들은 이미 다 거쳐 간 단계이니 너도 한번 당해보란 뜻인가. 선배들 미워!

와인이 가져다준 온갖 버릇을 다 겪고 난 뒤(물론 일부는 지금도 겪고 있다) 내린 결론은 다음과 같다. 와인의 와자도 모르던 동양의 작은 나라 사람이 기원전부터 코쟁이 아저씨 아줌마들이 누려온 100% 외국 문화를 받아들이는 데서 비롯된 일종의 부작용이라고 보면 좋을 것이다. 부작용이긴 해도 두드러기가 난다거나 구토를 유발하는 인체에 해로운 증상은 결코 아니다. 단, 와인을 마시지 않는 사람으로부터 저 녀석 뭐야 하는 식의 외계인 취급하는 듯한 눈초리 정도는 받을지도 모른다. 그럴 때마다 당신 또한 쿄쿄쿄 하고 웃어주면 그만이다. 다음이 바로 그 버릇들이다.

첫째, '나도 몰래 잔 돌려' 증상. 와인을 맛있게 마시는 이들은 아주 간단한 과학 원리 한 가지를 명심하고 있다. 와인은 산소와 접촉해야 더

욱진한 향과 맛을 낸다. 와인을 마실 때 와인 잔을 천천히 원을 그리듯 돌리는 것도 바로 이 때문이다. 돌리면 돌릴수록 잔 속에서 출렁이는 와인은 그만큼 산소와 더 많이 접촉하게 된다. 재미있는 건 와인 잔을 돌리는 모양새에도 장유(長幼)가 있다는 사실이다. 와인을 오래 마신 고수일수록 와인 잔을 손에 든 채로 단 한 방울도 흘리지 않으면서 맹렬히 와인 잔을 돌릴 줄 알고, 초보자일수록 테이블 위에 와인 잔을 올려놓은 채 천천히 돌린다. 와인을 처음 접한 이들은 바로 이 고수들의 잔 돌리는 모습에 '뻑이 간다'. 정장을 멋들어지게 갖춰 입고서 왼손은 호주머니 안에 찔러 넣고 오른손으로 와인 잔을 들고 마주한 사람과 웃으며 대화하는데도 잔은 쳐다보지도 않으면서 살살 돌려대는 저 자태란! 그야말로 '간지'다. 나 역시 그런 모습에 혼절했다.

와인에 막 빠져 한창 시음회를 찾아다닐 무렵, 선배들의 와인 잔 돌리는 모습을 몰래 훔쳐보고 집에 와서는 몇 번이고 연습했다. 버릇이란 이런 데서 오는 법이다. 와인 잔을 열심히 돌리다 보니 물 마실 때도 돌리고 소줏집에서도 무심코 잔을 돌렸다. 콜라 캔 뚜껑을 따고 나서도 일단 돌리고 봤다. 심지어 물이건 소주건 콜라건 살살 돌린 뒤에는 슬쩍 코에 갖다 대며 향도 맡았다. 사실 우린 비슷한 경우를 일찍이 경험했다. 당구에 처음 맛들인 시절, 잠자리에 눕기만 하면 천장은 당구대로 변했다. 천장을 무대로 흰 공 두 개와 빨간 공 두 개가 숨가쁘게 움직였고, 우린 침대에 누운 채로 저걸 '히까께'로 칠 건지 '하꼬마와시'로 돌려 칠 건지 공의 각도와 진행방향을 계산하느라 여념이 없었다. 또 고딩 시절, 처음 담배에 눈떴을 때는 어떠한가. 담배 피우는 행위 자체를 어찌나 숭배했던지 새우깡을 먹을 때도 담배 쥐듯 검지와 중지만 이용해 집지 않았던가. 같은 이치다. 자신도 모르게 소주잔을 열심히 돌려대는 예비 와인 애호가들의 모습에는 와인을 향한 무궁무진한 숭배의 마음이 드러나 있는 것이다.

둘째, '라벨이 보고 싶어 안달' 증상. 영화나 드라마 속에 등장한 와인이 무슨 와인인지 확인하려고 악착같이 달려드는 증상이다. 와인에 빠진 사람들은 TV에 와인이라도 등장하면 그것이 비록 찰나라 할지라도 호들갑을 떨며 미쳐 날뛴다. 와인을 마시기 전에는 신경조차 쓰지 않던 장면들이 와인을 알게 된 이후부터는 모니카 벨루치나 이정재가 홀딱 벗고 나오는 장면보다 더 소중해진 셈이다.

와인 애호가들에겐 영화 '범죄의 재구성'에서 박신양이 칠레산 와인에 대해 얘기하는 장면이 영화의 수수께끼가 풀리는 흥미진진한 후반부보다 훨씬 결정적인 명장면이다. '라이언 일병 구하기'의 경우 미군 병사들이 독일군 저격수를 죽이기 위해 폐허가 된 프랑스 농가에서 찾아낸 와인 병으로 화염병을 만드는 장면이 있는데, 어떤 와인 병일까 너무 궁금해 병 라벨이 보이기만 기다리다 지쳐 본래 스토리는 다 까먹은 순간도 있다(결국 라벨이 안 붙은 하우스 와인인 것으로 드러난다). '다빈치코드'에 대놓고 등장하는 이탈리아산 와인 '니포자노 리세르바'는 전세계적으로 판매량이 급격히 늘어나기도 했다. 그러니 아예 와인을 주제로 한 '사이드웨이' 같은 영화에 와인 애호가들이 열광하는 것은 당연한

일 아닐까. 나 역시 '사이드웨이'의 여주인공 마야의 생애 첫 베스트 와인이 '사시카이아 1988년산'이라는 말에 혹해 그 와인을 구하려고 발품깨나 돈깨나 들인 적도 있다.

셋째, '모든 연도의 빈티지화' 증상. 와인을 마시기 전까지만 해도 이렇게까지 연도에 민감하지는 않았다. 특정 사건의 연도를 필히 기억해야 했던 학력고사 시대가 저문 지 벌써 10년하고도 2년이나 더 흘렀는데 말이다. 연도를 기억한다 해도 기껏해야 올림픽과 월드컵이 열린 해나 선후배들의 출생연도를 기억하는 게 전부였다. 하지만 와인에 눈뜨고 나서부터 연도는 곧 지식이며 내공이 되었다. 생산연도가 와인의 품질을 좌우하는 주된 요소인 만큼 그 각각의 연도를 기억하기 위해 갖가지 암기 방법을 고안해낼 정도에 이르렀다. 그러다 보니 이상한 버릇이 생겼다. 모든 연도를 와인과 관련지어 해석하는 버릇이다. 이를테면 2002년 하면 누구나 월드컵과 우리 대표팀의 4강 진출 신화를 먼저 떠올리지만 와인 애호가들은 안 그렇다. 2002년은 프랑스 서쪽의 작황이 좋지 않아 죽을 쑨 보르도 와인 빈티지라는 게 우선이다. 직장 동료가 1999년에 입사했다고 하면 "그럼 지금이 2006년이니 벌써 8년차로군"이 아니라 "1999년? 좋은 해지. 부르고뉴 최고, 그레이트 빈티지라고. 나중에 기회가 된다면 1999년산 부르고뉴 와인은 꼭 사두게나" 하는 식이다.

문제는 연도에 집착하는 버릇이 자연발생적인 버릇이 아니라 기억력을 위한 노력을 요구하는 버릇이라는 점이다. 올림픽과 월드컵은 4년마다 한 번씩 열리므로 4의 배수로 기억하면 쉽고, 대학 선후배들의 나이 역시 생년월일보다는 학번으로 계산하면 되니 편했다. 반면 와인은 별다른 고리가 존재하는 것도 아니고 법칙도 없다. 나라별로 괜찮은 빈티지도 모두 다르다. 그래서 와인 애호가들은 나름의 빈티지 체크법을 터득하고 있다. 내 것을 슬쩍 밝히자면 이렇다. 일단 구대륙의 좋은 빈티지를 최근 연도 중심으로 기억한다. 프랑스 보르도는 2000을 위시로 1996, 2001, 부르고뉴는 1995와 1999, 2002, 이탈리아는 1997과 1999, 2000 이런 식이다. 반면 신대륙 와인은 한두 해만 기억한다. 날씨가 들쑥날쑥한 구대륙 와인에 비해 비교적 평균적인 품질을 지니고 있는 까닭이다. 미국은 1997과 1999, 칠레는 2001과 1999, 호주는 1998과 2000. 그래봤자 그 외의 빈티지와 그다지 큰 차이가 나는 건 아니지만. 중요한 건 와인 숍에 갈 때마다 뭘 사야 할지 주저하는 바에야 참 괜찮은 버릇이라고 오늘도 스스로를 위안하고 있다는 것이다.

넷째, '가격과 예산에 엄청 민감' 증상. 와인 바에서 와인을 마시는 데서 진일보해 집에서 와인을 사 마시는 단계에 이르면 나타나는 증상이다. 뭐든지 깊게 빠지면 결국 돈에 민감해지는 법이다. 쇼핑이란 게 원래 현명하게 돈을 쓰는 방법을 깨우치는 과정이지만 와인의 경우는 조금 특별하다. 일반 쇼핑은 매번 구매하는 아이템이 달라 구매 내역의 디테일보다 총 구매액이 중요하게 마련이지만, 와인 쇼핑은 세부 씀씀이를 어떻게 가지고 가느냐가 와인을 즐기는 데 결정적인 역할을 한다. 그렇기에 이처럼 남들 보기에 지나치게 '오타쿠스러운' 버릇이 생기게 되는 것이다.

첫 번째 세부 증상부터 살펴보면, 상황 별로 와인의 가격대를 정해두는 버릇. 집에서 마시는 와인의 가격대는 절대 3만 원을 넘지 않고 와인을 잘 모르는 사람을 초대할 때 역시 3만 원을 넘기지 않는 버릇이다. 요거 지켜주면 아주 쏠쏠하다. 집에서 편히 마시는데 굳이 대단한 와인을 마실 것까지야 없고, 또 손님에게 비싼 와인을 대접해봐야 와인의 가치도 잘 모르는 데다 가격을 알려주면 심지어 부담스러워 하기 때문이다. 다음은 와인을 살 때마다 예산을 따로 정해두는 버릇.

대형 마트에서 장 볼 때도 하지 않는 공을 고작 와인 몇 병 사는 데 굳이 들이는 이유는 예산을 정하지 않고 와인을 구매하러 가면 욕심이 끝도 없이 불어나기 때문이다. 4만 원대 와인을 보다가 옆에 있는 5만 원대에 눈이 가고, 또 그 옆에 있는 7만~8만 원대에 눈이 가는 게 우리 와인 애호가들의 운명인 것을 어쩌랴. 그러다 보면 상한선이 없다시피 해져 통장이 거덜나게 마련. 마지막은 예산에 따라 와인의 수량을 결정하는 참으로 '가계부틱한 알뜰 경제'를 몸소 실천하는 버릇이다. 예산이 2만 원이라면 2만 원짜리 1병, 1만 원짜리 2병, 7천 원짜리 3병, 이렇게 세 가지 경우의 수가 있지만 어느 쪽을 택하더라도 크게 상관없다. 하지만 예산이 10만 원이라면 얘기는 달라진다. 10만 원짜리 한 병으로 강한 한 방, 확실한 임팩트를 꾀할 것인지, 아니면 질보다 양이라는 대학가 삼겹살집에서나 동원할 마인드로 또 5만 원짜리 두 병, 3만3000원짜리 세 병을 택할 것인지 집요한 고민이 시작될 것이다. 남이 보면 어떨는지 몰라도 우리 와인쟁이들에겐 몹시도 실용적이면서 좀스러운 버릇 중 하나이기에.

와인 바 습격 사건

아무튼 우리는 와인이 고팠다. 아침부터 와인이 너무너무 마시고 싶었던 것이다. 출근하자마자 메신저를 켜고 요즘 들어 부쩍 와인에 흠뻑 빠져 있다는 단짝에게 말을 걸었다.

"야, 나 오늘 와인이 당겨 미치겠다. 퇴근 후 바에서 만나자, 콜?"

그러자 단짝도 듣던 중 가장 반가운 소리라며 자기도 출근길 지하철 안에서부터 와인이 눈앞에 오락가락해 죽는 줄 알았다고 했다. 우연을 인정해야 운명을 바꾼다지 않던가. 이로써 단짝도 콜. 그래서 오늘도 우리는 와인을 마시러 가기로 했다. 어제도 그랬듯이.

그런데 일이 생겼다. 늘 가는 와인 바 사장님이 오늘 하루만큼은 어쩔 수 없이 문을 닫아야 한다는 것이다. 어쩐지 예감이 좋지 않더니만. 난 가끔씩 강박관념에 빠진다. 마음에 원치 않는 생각이나 충동이 떠올라 비현실적인 불안이 무럭무럭 자라는 것이다. 오늘도 그랬다. 단짝과 약속을 잡은 직후부터 이상한 생각이 자꾸 머릿속을 맴돌았다. '난 그

바가 아니면 와인에 제대로 집중하지 못하는데 어쩌지.' 지난 3년 간 내가 한 곳에서 꾸준히 와인을 마신 이유는 와인 말고 다른 생각이 꿈틀거리는 것을 만류해주는 그곳만의 푸근함 때문이었다.

"우리 그럼 딴 데 가야 하는 거야?"

"그럴 수밖에. 문이 닫혔으니 딴 데 가야지."

참으로 심플하게도 돌아가는 세상은 나의 강박관념 따위엔 아랑곳하지 않았다. 이제 발걸음을 돌려 새로운 장소를 찾아야 했다. 최근 동호회 게시판에 올라온 글들과 여타의 경쟁 잡지에 실린 기사를 머릿속에 떠올려 보았다. 그 중 유난히도 독특했던 이름 탓에 단번에 뇌리에 박혔던 와인 바 하나가 뇌리를 스쳤다. 이름하여 瓦人天下. 여인천하도 아닌 와인천하라니. 그 유치한 이름을 갖고 동료 기자와 코웃음을 쳤던 기억이 번뜩였다. 그래, 속는 셈치고 가보지 뭐. 지금 난 와인이 고픈 정도가 아니라 뱃속에 거지 한 놈을 그대로 삼켜버린 것 같다고. 몸이 이토록 와인을 원하는 데 그깟 어처구니없는 이름이 대수랴. 그래, 가는 거야. 와인천하를 습격하러 어디 한번 떠나보자고!

그것이 발단이었다. 아무 생각 없이 습격이란 단어를 내뱉고 나자 단짝과 나는 거의 동시에 하루키를 생각해냈다. 그도 그럴 것이, 어젯밤 최근 국내에 마구 수입되고 있는 미국 오레곤주 피노 누아를 앞에 두고 우린 어울리지 않게도 하루키를 논하고 있었다. 사실 논(論)이라고 할 것도 없다. 단짝은 하루키 특유의 심금을 웃기는 세련된 문체가 10년이 지난 지금도 여전히 감동적이란 사실을 질투하고 있었고, 나는 유난히도 긴 하루키의 인중이 그의 인상을 상당히 꺼벙하게 만든다는 평소의 생각을 털어놓았을 뿐이다. 어쨌건 중요한 사실은 단짝과 나 모두 하루키의 단편 「빵 가게 습격」을 재미있게 읽었다는 기억을 잊어버리지 않고 있다는 것이었다. 그 소설의 주인공들도 와인이 고픈 우리처럼 배가 고파 빵 가게로 달려갔고 공복감을 채우기 위해 적당한 '등가 교환물'을 찾고 있지 않았던가. 그들 손에는 식칼이, 우리 손에는 신용카드가 쥐어져 있다는 점만 다를 뿐이지.

이왕 이렇게 된 거 나는 스파이가 되고 싶었다. 와인 바를 정밀히 염탐하는, 이름하여 '와인 바 스파이'. 평소 음식점이나 카페 등에 취재를 나가면 촬영의 편의성과 양질의 결과물을 얻기 위해 미리 섭외를 해놓는 경우가 많은데, 최근 우리 회사에선 동료 기자가 맛 칼럼니스트와 함께 잘나간다는 맛집에 섭외 없이 몰래 쳐들어가 소문의 진위를 따져보는 꼭지를 진행 중이었다. 평소 그 꼭지를 직접 진행해보고 싶었기에 나도 이번만큼은 스파이 흉내를 내보고 싶었던 것이다. 혹시 모를 일이다. 오늘 얻어낸 성과물을 동호회 게시판에 올리면 히트 수가 대박날지도. 그러면 와인 바 스파이란 타이틀로 연재라도 해봐야겠다. 단짝에게 물어보니 그도 찬성이라고 했다. 자기는 '염탐'이나 '스파이' '몰래' '진위' 이런 단어가 들어가면 다 좋다는 것이다. 자식, 단순하긴.

와인천하는 가리봉동에 있었다. 살다 살다 와인을 마시러 가리봉동까지 가기는 처음이다. 다 낡아 쓰러져 가는 상가 건물 2층에 와인 바가 있는 것도 어색한데 양 옆으로 세탁소와 태권도장이 있었다. 시간이 늦어서인지 상가엔 이미 셔터를 내린 집들이 많아 제법 으스스한 기분까지 들었다. 하지만 우린 가리봉동에 당당히 입성한 와인 바를 뚫으려는 생각에 살짝 흥분하고 있었다. 문을 열고 들어서니 의외의 광경이 펼쳐져 있어 사뭇 놀랐다. 실내는 꽤 어두웠고 천정에 할로겐 스포트라이트를

설치해 테이블 주위만 환했다. 하지만 나는 흰색 테이블보를 써서 와인의 색을 감별해내기가 좋을 거라는 와인 애호가적인 판단보다 이 정도 분위기면 가리봉동 최고의 소개팅 명소일 거라는 잡지 에디터적인 눈썰미를 먼저 발휘하고 있었다. 단짝과 나는 신용카드 결제가 되는지부터 확인했다. 우리 손엔 식칼이 아닌 신용카드가 쥐어져 있었기에 카드 결제기가 없다면 나중에 집에 갈 때 난항을 겪을 것이 분명했기 때문이다. 언젠가 가리봉동에 돼지 껍데기 먹으러 왔다가 카드를 안 받는다고 해서 한바탕 뒤집어엎었던 기억이 새록새록 떠올랐다.

와인천하의 와인 리스트는 나쁘지 않았다. 구대륙과 신대륙 와인을 골고루 리즈너블한 가격대에 내놓고 있었다. 특히 가격대 좋은 피노 누아 와인이 눈에 많이 띄었다. 피노 누아를 찾는 손님이 의외로 많다고 미모의 여성 소믈리에가 말했다. 오호라, 가리봉동과 피노 누아라. 그때 단짝이 눈치를 줬다.

"야 저 소믈리에 완전 이쁘지 않냐? 내가 먼저 찜했다."

바 구석에 위치한 셀러 안에는 제법 비싼 와인들도 들어 있었다. 10만~20만 원대 셀렉션이 나름대로 훌륭했던 것이다. 와인 리스트에 무려 스무 개에 가까운 기함급 와인들이 적혀 있었는데 대부분 두 병 이상의 재고가 있었다. 강남의 와인 바에도 리스트에는 올라 있지만 실제로 준비되어 있지 않은 경우가 허다한데 말이다. 안주로 주는 비스킷도 전혀 눅진거리지 않았고 슈피겔라우 글라스를 갖추고 있다는 점도 좋았다. 특이한 것은 글라스로 파는 '잔술 와인'이 많다는 점이었다. 대략 20종에 가까운 와인을 글라스로 제공하고 있었다. 프랑스, 이탈리아를 비롯해 칠레, 호주, 남아공까지 웬만한 나라의 와인은 모두 맛볼 수 있도록

해놓으니 선택의 폭이 넓어 맘에 들었다. 어떻게 이런 생각을 했느냐고 미녀 소믈리에에게 물어보니 이 역시 요즘 가리봉동의 트렌드란다. 오호라.

그것만이 아니었다. 그리 넓지 않은 공간인데도 버젓한 룸을 보유하고 있다는 건 '간지 작살'이었다. 노출 콘크리트 벽과 벨벳의 조화는 이곳이 과연 가리봉동이 맞는지 착각에 빠져들게 했다. 룸의 용도도 예상을 초월했다. 홀의 컨셉트가 프랑스 식당을 연상시키는 정돈된 격조였다면, 룸은 말 그대로 너희들 맘대로 앉아서 마시고 놀라는 식이었다. 편안하게 이리저리 끌고 당겨 붙이면 당장 열 명도 둘러앉을 수 있을 것 같은 작은 테이블과 의자가 제각각 펼쳐져 있었다. 이번엔 내가 치근거렸다.

"스무 평도 안 되는 공간에 이렇게 다양한 느낌이 살아 있다는 건 참 복이군요."

"이 동네에서 그렇게라도 하지 않으면 손님이 오질 않죠."

와인천하는 아무 까닭 없이 당연한 듯 가리봉동에 그대로 존재하고 있었다. 개떡 같은 와인 리스트에 서비스도 엉망이면서 '뭐, 이런 것도 모르면서 와인을 마시러 오다니 당신은 정말 몰상식하다'는 식의 태도를 취하는 와인 바가 강남에 숱하게 많은 사실을 생각하면, 와인천하는 정말이지 괜찮은 바였다.

우리는 '코트 뒤 론'을 주문했다. 코트 뒤 론은 평소 즐기는 와인이다. 프랑스 남쪽 론강 부근 지역에서 생산되는 와인인데, 태양의 혜택을 가득 안고 있는 지역이라 흡족한 햇빛의 양은 이 지역 토양에서 자란 포도에 더욱 진한 향기를 더했다. 게다가 저렴하면서도 맛이 괜찮아, 난 하루에 여러 와인을 마시는 호기를 부리는 날이면 늘 코트 뒤 론으로 피날

레를 장식하는 편이었다. 하지만 여기서부터 삐걱거렸다. 소믈리에가 가져온 와인이 너무 차가웠던 것이다. 마치 냉동실에 넣어두었다가 갓 꺼낸 맥주와도 같았다. 우린 미녀 소믈리에를 불렀다. 미녀 소믈리에는 어느덧 룸에 들어온 대학생으로 보이는 녀석들과 키득거리고 있었다.

"저기요, 와인이 좀 차갑게 서브된 게 아닌가 해서요."

"그럴 리가 없는데요."

"만져 보세요. 굉장히 차갑잖아요. 잔에 따르자마자 표면에 김 서린 것 좀 보세요. 이게 화이트 와인도 아니고 말이죠."

"저희는 아무리 저렴한 와인이라도 반드시 셀러 안에 보관하고 있습니다. 셀러 온도는 10℃로 맞추어져 있고요. 7∼14℃에서 레드 와인을 보관하는 건 누구나 아는 상식 아닌가요? 저희는 정확히 그 중간인 10℃에서 보관하는 겁니다."

이 소믈리에, 벌써부터 눈을 부라렸다. 어라, 이것 봐라. 갑자기 단짝 녀석이 얼굴을 붉히며 한마디 한다.

"이것 보세요, 보통 그렇게 보관하면 서너 시간 정도 상온에 놔둔 후 마시는 게 정석 아닙니까? 소믈리에가 어찌 그것도 모르십니까? 보관은 시원하게, 마실 때는 상온에서!"

"그렇게 온도가 중요하면 따뜻해질 때까지 기다렸다 드시면 되지 않습니까?"

그러더니 미녀 소믈리에는 고개를 휙 돌리면서 다시 룸 안에 있는 대학생 녀석들에게 돌아가 키득거리기를 계속했다. 당황스러웠다. 되레 우리에게 화를 내고 있었다. 아니 뭐 이런 데가 다 있지? 겉만 삔지르르한 것이 영 몹쓸 와인 바였다. 단짝은 이미 이성을 잃었다.

"야, 우리 여기 엎어버릴까? 아휴 저걸 그냥."

그때 미녀 소믈리에가 룸 안에서 고개를 삐쭉 내밀면서 결정타를 날렸다.

"뭐 이런 것도 모르면서 와인을 마시러 오다니 댁들은 정말 몰상식하군요. 저 아래 가서 소주나 드시지 그러세요."

"뭐야?"

이 대목에서 나도 이성을 상실했다. 지난번 돼지 껍데기집에서 했던 것처럼 의자를 던지고 술병을 깨고 카드 결제기도 박살내버렸다. 순식간에 일어난 일이었다. 바로 그때 옆을 보니 더욱 놀랄 일이 벌어졌다. 어이없게도 단짝과 미녀 소믈리에가 진한 키스를 하고 있었던 것이다. 단짝의 눈은 이미 풀려 있었고 미녀 소믈리에가 녀석의 옷을 벗기려 하고 있었다. 단짝이 꼬인 건지 미녀 소믈리에가 먼저 도발한 건지는 알 수 없었지만, 하여튼 난 이단 옆차기로 미녀 소믈리에를 떼어놓았다. 그러곤 단짝을 들쳐 엎고 그곳을 뛰쳐나왔다. 곧바로 택시를 잡아타 '나와바리'인 홍대 앞으로 돌아왔다.

이튿날, 퇴근 후 다시 만난 단짝은 테이블을 들어 엎으려는 찰나에 갑자기 그녀가 입술을 덮쳤다며 싫지 않은 얼굴로 털어놓았다. 나는 녀석의 뺨을 한 차례 갈긴 뒤 두 눈을 부라리며 말했다.

"오늘 우린 진짜로 하루키 소설의 주인공이 되는 거야."

나는 바지 허리춤에 숨긴 식칼을 단짝에게 꺼내 보이곤 단짝에게 암묵의 동의를 구했다. 그는 일관된 녀석이다. 이번에도 당연히, 콜.

우리는 택시를 타고 가리봉동으로 향했다. 와인 바 스파이고 나발이고 이젠 상관없었다. 나와 단짝은 「빵 가게 습격」에서처럼 말 그대로 와인 바를 진짜로 '습격'하러 간다는 사실에 '히틀러 유겐트' 같은 감동을 느끼고 있었다. 하지만 우린 실제론 마음이 약한 존재들이었다. 둘 다 속으론 소설의 주인공처럼 우리가 바그너를 좋아한다는 사실로 인해 미녀 소믈리에와 화해하고, 그녀와 함께 바그너를 들으면서 떡이 될 때까지 와인을 마시면 좋겠다는 상상을 하고 있었다. 솔직히 미녀 소믈리에가 싸가지는 없었어도 얼굴 하나는 확실히 예뻤으니까. 만약 실제로 그렇게 된다면 단짝과 미녀 소믈리에 둘을 남기고 자리를 비켜주는 호의도 베풀려고 했다.

저녁 8시 반이 다 돼서야 찾아간 상가는 어제와는 사뭇 다른 분위기였다. 쓰러져갈 것만 같았던 채소 가게는 하얀색 타일이 번쩍거리는 최신식 슈퍼마켓으로 바뀌어 있었고, 건물 전체에서 번질번질 광이 나고 있었다. 잘못 찾아온 게 아닌가 확인했지만 어제 그곳이 확실했다. 꿈인지 생시인지 알 수 없었다. 우린 날름 2층으로 뛰어올라갔다. 2층에 다다른 우리는 눈이 휘둥그레졌다. 세탁소와 태권도장 사이엔 아무것도 없었다. 그곳은 임대되지 않은 빈집이었다. 작은 책상과 의자 몇 개만이 바닥에 굴러다니고 있었고, 노출된 콘크리트 외벽이 을씨년스러운 분위기를 드리우고 있었다. 이렇게 방치된 지도 하루 이틀이 아닌 것 같았다. 귀신에게 홀린 게 분명했다. 그때 발에 이상한 게 밟혔다. 상자에 붙어 있던 테이프처럼 보였는데 유난히 길이가 길고 색깔이 하얗다. 자세히 보니 뱀의 허물이었다. 오싹한 한기가 내 몸을 급습했다. _{월간『와인과 귀신』2005년 3월호}

제2부

한 번 마시고 두 번 마시고
자꾸만 마시고 싶네

예를 들어, 단일 품종이지만 수만 가지의 오묘한 맛을 내는 피노

누아는 카멜레온 같은 음색을 지닌 첼로에, 결코 튀지는 않지만

부드러우면서 과일 향이 풍부한 메를로는 비올라에 비유하는 식

이다. 우아한 느낌의 샤르도네는 플루트 같다 할 수 있지 않을까.

나 싸구려 와인이거든, 떫니?

나에겐 와인 적정가라는 게 있다. 다시 말하자면 와인의 적정한 가격을 말하는데, 와인 가격이 천차만별인 것은 하늘이 알고 내가 알고 온 세상 사람이 다 알거늘, 어떻게 적정가가 있느냐며 따질 사람이 많다는 걸 글쓴이는 이미 간파하고 있다. 여기서 와인은 '집에서 아내와 수다 떨며 TV 보면서 마시는 와인'이란 의미로 사용되었다. 즉, 와인 숍 혹은 할인마트 등에서 와인을 살 때 셀러 안에 고이 모셔둘 장기 숙성용 와인이 아니라, 그냥 편하게 마실 와인 한 병을 사는 데 드는 적절한 가격을 말한다.

나의 와인 적정가는 2만5000원이다. 매장별로 가격 차이가 크게는 3000~4000원 정도 나므로 엄밀히 말하면 '2만5000원 ± 5000원'인 셈이다. 적어도 이 정도 가격은 돼야 바디감을 어느 정도 느낄 수 있고, 최소한의 피니시도 보장되고, 또 와인의 최후 궁극인 밸런스도 기대할 수 있다. 하지만 보다 중요한 이유는 따로 있다. 적어도 2만5000원은 돼야 그 와인을 대표할 확실한 개성이 하나라도 두드러질 테고, 그래야 거기에 몰입해 그 와인의 진가를 음미할 수 있기 때문이다. 밸런스란 중저가 와인에선 함부로 나올 수 없는 미덕이기에 아무 와인에서나 기대하기 어렵지만, 바디감이면 바디감, 피니시면 피니시 등 한 가지 개성이라도 확실히 드러나야 그 와인에 애정을 갖고 마시게 된다. 2만5000원은 이것을 가능케 하는 마지노선인 셈이다. 적어도 내 생각으로는.

이러다 보니 나도 모르는 새 2만 원 미만의 와인을 얕보는 경향이 생겼다. 오늘도 다시금 반성하는 대목이다. 하지만 실제로 그렇게 느껴지는 건 어쩔 수 없다. 드라마 '대장금'에서 우리 장금이도 "어찌 홍시라 생각했느냐 물으니 그냥 홍시 맛이 나서 홍시라 답했다"고 당당히 밝히지 않았던가. 내 입에서 그렇게 느끼는 걸 나보고 어쩌라고. 혹시나 하는 마음에 1만7000원짜리 와인을 사면 어딘가 아쉬움이 있게 마련이었다. 향이 약하면 맛이라도 임팩트가 있어야 할진대 그도 변변찮았고, 피니시가 약하면 부드럽기라도 하면 좋겠거늘 역시나 시원치 않았던 것이다. 음식에 곁들일 때면 '싼 티'는 더욱 도드라졌다. 간만에 마블링 좋은 등심이라도 구해오면 지나치게 신맛이 강해 고기 맛을 죽였고, 누가 중국집에서 코스 요리를 쏜다 해서 예의상 1만5000원짜리 와인 한 병 들고 가면 이게 물이지 와인이냐며 핀잔 듣기 일쑤였다.

그러나 고금 이래 직업엔 귀천 없고 와인엔 차별이 없는 법. 아무리 와인 맛이 가격에 정비례한다 해도 포도 수확을 위해 1년의 세월을 투자한 이들의 노고를 어찌 외면할 수 있겠는가. 또 그 포도로 작게는 수개월부터 많게는 수년씩 와인을 만들어내는 이들의 피와 땀은 어찌 도외시할 수 있겠는가. 그렇다. 저가 와인도 저력이 있었던 것이다. 우연찮게 마신

저가 와인에 감동받는 경우가 잦아졌다. 1만 원 남짓한 가격에 제법 훌륭한 와인을 발견하면 뮤직 다운로드 사이트에서 우연히 청취한 음악이 '완전 죽음'일 때와 맞먹는 희열을 느꼈다.

발상의 전환은 하루아침에 이뤄졌다. 저가 와인에 대한 시각을 확 바꾸게 된 계기가 있었던 것이다. 그 후 난 저가 와인에 대고 "내 다시는 이놈의 와인 마시나 봐라!" 식의 표현을 함부로 할 수 없었다.

'플레지르'라는 와인을 마신 적이 있다. 단돈 9000원을 받는 프랑스 와인이다. 9만 원을 줘도 프랑스 와인의 진수를 맛보기가 어려운데 9000원짜리라니, 세상에. 프랑스어로 '기쁨'이란 뜻의 와인 이름이 무색할 만큼 형편없을 거라고 예상했다. 하지만 시음을 마친 뒤에는 그렇게 무시할 와인이 아니었다. 내가 이 와인에 손을 들어준 이유는 혀를 감싸는 질감과 피니시가 9000원 수준이 아닌 까닭이었다. 다른 저가 보르도 와인과 달리 타닌에 집착하지 않아 맛이 순하고 피니시가 은근히 살아 있었다. 지네스테, 칼베, 마르상 등 프랑스의 거대 와인기업에서 찍어내듯 생산하는 2만~3만 원대 보르도 와인을 선택하느니 이 플레지르가 낫겠다 싶었다. 하지만 다시 한 번 입에 머금자 나는 자책하고 말았다. 너무 섣부른 판단이었다. 그래봤자 9000원짜리 와인이었던 것이다. 처음에 간파하지 못했던 시큼한 끝맛이 전체 밸런스를 와르르 무너뜨리고 있었다. 사실 고가든 저가든 와인은 이 밸런스가 깨지면 아무리 향이 강하고 피니시가 길어도 맛이 없게 느껴지는 법. 플레지르도 마찬가지였다. 나는 우연히 구입한 플레지르 1998년산을 나중에 요리할 때나 써야겠다는 느낌이 들어 마개 꼭 막아서 찬장에 넣어 두었다.

다음날, 평소 즐겨 먹던 서브웨이 샌드위치를 사다가 집에서 먹을 기회가 생겼다. 문득 콜라 대신 와인을 곁들이면 어떨까 싶은 생각이 들었다. 하지만 그날 따라 셀러에는 서브웨이 샌드위치를 위해 따기엔 아까운 가격대의 와인만 남아 있었다. 그래서 전날 마시다 남은 플레지르를 꺼냈다. 재미난 이벤트를 놓쳤다는 생각에 흥이 깨져버렸다. 하지만 3700원짜리 서브웨이 샌드위치와 9000원짜리 플레지르는 완벽에 가까운 조화였다. 샌드위치라는 음식에 어울리는 프랑스 와인이 있다는 것도 새삼 알게 되었다. 서브웨이 샌드위치는 가장 미국적인 맛을 내는 샌드위치로 햄, 베이컨 등 기름진 고기에 오이 피클과 양파, 할라피뇨 등 강한 내용물과 머스터드, 마요네즈, 핫 페퍼 등 자극적인 소스가 들어가 맛이 엄청 강하다. 그렇기 때문에 와인에 곁들여 먹기 어려운 음식이기도 하다. 그러나 샌드위치에 들어간 오이 피클과 할라피뇨의 강한 맛은 밸런스가 와르르 무너져 시큼해진 이 와인과 의외로 잘 어울렸다. 만일 와인이 무거웠다면 느끼지 못했을 양파와 토마토의 맛도 제법 생생하게 느껴졌다. 샌드위치라는 음식의 가벼움과 9000원짜리 싸구려 와인의 가벼움이 잘 맞아 떨어진 것이다.

플레지르의 값어치를 입증하기 위한 시도는 계속됐다. 와인과 특히 안 어울린다는 케첩을 가득 뿌려 먹는 핫도그, 서브웨이 샌드위치보다 더욱 미국적인 음식인 햄버거와도 플레지르는 찰떡궁합을 이루었다. 특히 햄버거 속의 싸구려 패티와는 이보다 더 잘 어울릴 수 없다는 느낌이 들었다. 스테이크와 곁들이면 결코 경험할 수 없는 콤비네이션. 난 이 와인이 왜 이런 식인지를 새삼 깨달을 수 있었다. 이 와인은 이른바 '대중 와인'이다. 와인의 맛이 좋아질 때까지 두세 시간 기다려야 하는 콧대 높은 와인이 아니라 그저 여러 사람이 쉽게 마시도록 제작된 와인이라는

것이다. 즉 대중이 쉽게 접하는 음식에 맞출 수 있는 그런 와인이었던 것이다.

실험은 여기에서 끝나지 않았다. 이젠 제2, 제3의 플레지르를 찾고 싶었다. 서브웨이 샌드위치에 다른 와인을 시도해봤다. '이탈리안 비엘티'에는 4만 원대 칠레 와인을, '사우스웨스트 터키 앤 베이컨'에는 3만 원대 호주 와인을 조화시켰다. 심지어 8만 원이 넘는 부르고뉴 와인을 샌드위치에 곁들여 보기도 했다. 전부 '아니올시다'였다. 개성이 도드라진 와인일수록 샌드위치에 들어간 강한 양념과 부딪쳤다. 다시 저가 와인으로 돌아갈 수밖에 없었다(이 짓 반복하느라 돈깨나 쏟아 부었다).

숱한 시도 끝에 당첨된 와인은 '티에라 델 솔'. 스페인을 대표하는 포도 품종인 템프라니요로 만들어졌다. 이미 스타덤에 오른 와인이다. 한때 이마트 저가 와인 강추 1위로 추대돼 국내의 한 와인 동호회 게시판을 뜨겁게 달군 주인공이다. 많은 사람이 티에라 델 솔에 감탄한 건 타닌의 파워 때문이었다. 모두들 7900원짜리 와인의 풍성한 타닌 탓에 입안이 얼얼해짐을 느꼈다. 티에라 델 솔은 바디감은 거의 없다시피 해도 막강한 타닌을 무기 삼아 나도 와인이라며 오늘도 이마트 한 구석에서 말없이 웅변하고 있었다. 가격 대비 만족도 최상의 와인이지만 한 가지 아쉬운 점은 있었다. 템프라니요 품종이 자고로 동물적인 가죽 향과 약간 멜랑꼴리한 고린내가 나는데, 바로 이 고린내가 샌드위치의 산뜻한 풍미를 앗아갔다. 차라리 삼겹살에 마시니 서로 원원하는 결과를 낳았다. 특히 와인에 상극이라는 쌈장의 압박에도 굴하지 않고 맛과 향을 오롯이 지켜냈다는 사실이 고무적이었다.

말 나온 김에, 이번 실험을 통해 발굴한 맛있는 저가 와인을 몇 종

소개할까 한다. 전부 서브웨이 샌드위치에 곁들이기엔 2% 부족했지만, '저렴한 가격에 양질의 와인'이라는 슬로건으로 독야청청하기에 충분한 실력이 있는 '베스트 바이(Best Buy)' 와인들이다. 드셔들 보시고 어느 와인이 가장 아름다운지 평가해보는 것도 재미있을 듯하다.

참가번호 1번. 미스 칠레, '가토 네그로 카르메네르'. 1만1900원-750ml-2005년산. 칠레에서 가장 많이 팔리는 내수용 와인으로 해외 수출을 시작한 지 그리 오래되지 않았다. 칠레산 카르메네르 특유의 후추 향이 강해 다른 저가 와인과 확실히 차별된다. 사람들이 찾는 이유는 아마도 바디감 때문일 듯하다. 그저 라이트하다고 말하기엔 어딘가 아쉬운 묵직함이 입 안에 감지되는 것이 즐겁다. 진하고 부드러운 맛을 동시에 느낄 수 있어 나처럼 우유부단한 사람에게 잘 맞는다. 자극성이 강한 편이라 야외 피크닉에서 마시기에 나쁘지 않다.

참가번호 2번. 미스 이탈리아, '시트라 트레비아노'. 7900원-750ml-2005년산. 1만 원 미만의 화이트 와인 중 유일하게 마실 만한 와인이다. 선배네 집들이 가서 맨 처음 내오기에 손님 대접을 고작 7900원짜리로 하냐고 화딱지를 내려는 찰나, 한 모금 마셔보고는 그만 선배 품에 안겨버렸다. 이걸 색깔이라 해야 하나 말아야 하나 고민될 만큼 옅은 금빛이지만, 꽃향기가 풍성하게 나고 부드럽게 넘어간다. 무엇보다 만 원도 안 하는 가격에 단맛 말고 그럴 듯한 드라이한 맛을 갖고 있다는 것이다. 하지만 감칠맛은 떨어지는 편이라 입맛을 돋우는 효과보다 목을 축이기 위해 부담 없이 마신다는 데 의의를 두면 좋다. 무조건 차갑게 마시자.

참가번호 3번. 미스 오스트레일리아. '옐로 테일 시라즈'. 1만3000원 - 750ml - 2004년산. 유명세로만 따지면 단연 1등이다. 그 유명한 『블루 오션 전략』에 언급되었던 바로 그 와인이다. 와인의 전통적인 엘리트 이미지 대신 생동감 넘치는 색깔과 캥거루 문양과 잘 어울리는 소문자로 미국 와인 시장을 석권한 바 있다. 맛도 대놓고 대중적이다. 싸구려 시라즈이지만 오크통에 보관돼 바닐라 맛이 짙은 오묘한 단맛을 낸다. 달착지근한 게 도를 넘어 마치 양파와 호박을 잔뜩 넣고 끓인 된장찌개 같은 인상을 주는데, 그것이 이 와인의 매력이라는 데 기꺼이 한 표! 물론 피니시도 약하고 다 마시고 5분만 지나도 무슨 맛이었나 싶지만, 마시는 순간만큼은 강한 인상을 남기는 와인인 것은 분명하다.

이렇듯, 일군의 싸구려 와인들을 통해 중요한 교훈을 얻었다. 싼 와인이 비지떡은 아니라는 사실. 동시에 아무 음식에나 맞는 비싸지 않은 '막 와인'이 얼마든지 있다는 것도 새삼 깨달았다. 사실 저가 와인이야말로 와인의 힘이다. 와인을 고급술로 인식했던 일반인이 할인매장에서 실력을 발휘하는 저가 와인에 눈을 뜨면 와인 시장이 전반적으로 성장한다. 우리나라가 바로 그 대표적인 사례다. 저가 와인 시장의 인기는 고가 와인 시장의 성장으로 이어진다. 이렇게 저가 와인 덕분에 와인을 접하게 된 소비자들이 자연스럽게 고가 와인에 관심을 갖게 돼 장기적으로 고가 와인 시장도 성장하는 것이다. 여기 언급된 와인들뿐 아니라 많은 다른 저가 와인들이 우리의 손길을 기다리고 있다. 우리가 보통 '싸구려'로 폄하하는 와인에도 제 짝은 있다. 어떤 와인도 우습게 보지 말자. 어떤 음식과는 참 좋은 짝을 이룰 수도 있다. 와인, 참 좋은 술이다.

와인에 전자음악이라니?

와인을 시작하고 나서 달라진 것 하나는 홈 파티가 유순해졌다는 거다. 주말이 되면 가끔씩 친구들을 집에 불러 와인을 마신다. 예전 같았으면 녀석들과 맥주 10만 원어치를 목구멍에 들이부은 뒤 사경을 헤맸을 터인데, 요즘은 와인 10만 원어치를 음미하면서 끝까지 말똥하게 살아남는다. 술 먹고 맛 가지 않는다는 것은 매우 중요한 사항이다. 그 동안 녀석들의 먹고 죽자는 포효만큼 무섭고 떨리는 게 없었던 탓이다. 이제 홈 파티에서 아무도 장렬히 전사하지 않는다. 와인 잔을 살랑살랑 돌리면서 부케도 맡고 바디감과 피니시도 느끼면서 제법 대화다운 대화도 나누는 지경이니. 오, 정말이지 다행스러운 일이다.

주섬주섬 전화를 돌리면 서너 명 남짓 모인다. 각자 마시고픈 와인을 들고 온다. 일종의 와인 포틀럭 파티라 할 수 있겠다. 어떤 와인을 사야 좋을지 모르겠다며 파리크라상으로 달려가 안주용 빵을 떨이로 사오는 녀석도 있고, 비굴하고도 뻔뻔스러운 얼굴로 빈손으로 와 무임승차하는 녀석도 있다. 그 녀석한테는 와인을 코딱지만큼만 따라주는 것으로 응징한다. 과거의 흥흥했던 분위기는 자취를 감추었다. 때론 오순도순 때론 왁자지껄 이야기를 나누며 한 병 한 병 와인을 비워간다. 농익은 와인 빛깔과 녀석들 얼굴색이 같아질 때면 그날의 웃음꽃도 무르익는다.

　무슨 와인을 사가야 칭찬받을까 하는 데 신경을 곤두세운 녀석들과 달리, 호스트로서 나는 백그라운드 뮤직을 고르는 문제로 머리를 싸맨다. 와인과 딱 어울리는 음악을 찾기란 생각만큼 쉽지 않다. 녀석들이 풀어내는 이야기보따리(비록 그 대부분이 구라지만!)에 집중하고 그날 딴 와인의 진수를 만끽하려면 결코 아무 음악이나 틀어선 안 된다. 와인은 맥주와 달리 백그라운드 뮤직이 퍽 중요하다. 흥취를 깨지 않고 분위기에 잘 스며드는 그런 음악을 찾아내는 게 호스트의 임무 아니겠는가. 소리의 연출에 따라 감동은 몇 배나 커지는 법이므로.

　사실 고민은 내다버리고 쉽게 가도 그만이다. 와인에는 소위 말하는 정신 사나운 음악보다 나긋나긋하고 은은한 음률이 어울린다 하니 조용한 CD 몇 장 틀어놓으면 대세에 지장을 주지는 않을 것이다. 웬만한 와인 바나 레스토랑들도 허술한 BGM으로 다 잘 먹고 잘살고 있지 않은가. 하지만 글쓴이, 음악에 있어선 꽤나 까칠한 편이다. 순간순간 가장 잘 어울리는, 또 순간순간 가장 듣고 싶은 음악을 들어야 직성이 풀리는 괴팍한 캐릭터의 소유자다. 차를 운전할 때도 매번 다른 CD를 틀어대느라 일주일에 수십 장의 CD를 교체하는 일이 다반사이고, 청소를 하거나 요리를 할 때도 음악이 따로 논다 싶으면 당장 CD부터 갈아 끼우지 않고선 못 배긴다. 그러니 손님들 모셔놓고 들리는 음악이 잘 선곡된 것 같지 않다면 스스로 자존심이 허락하지 않을 터. 아무리 나긋나긋한 음악이 전반적으로 와인에 잘 어울린다고 해도 와인과 음악의 뉘앙스가 조금이라도 상반된다면 무드가 깨져 버린다. 음악이 귀에 거슬리는 즉시 와인 맛이 변해버리기 때문이다.

친구 녀석들이 올 때마다 와인을 위한 나의 백그라운드 뮤직 선곡 작업은 몹시도 지난했다. 아무 음악이나 틀 수 없노라 하는 강박관념이 있어서 늘 예행연습이 필요했다. 마루타 실험에 돌입하지 않을 수 없었다. 집에서 와인을 마실 때마다 이런저런 음악을 틀어놓고 와인과 음악의 조합을 테스트했다. 만만한 실험 파트너는 역시 아내였다. 퇴근 후 케이블에서 방영하는 '프로젝트 런웨이'나 'CSI'라도 보면서 편히 쉬려던 그녀의 저녁 스케줄은 나의 와인 마루타 알바 권유에 무참히 짓밟히곤 했다. 그래도 어쩌랴. 마시기 싫다며 투정을 부릴 때마다 가격대가 조금 높다 싶은 와인으로 꼬드기면 바로 무너진다는 약점을 이 약삭빠른 남편이 너무도 잘 알고 있는걸.

아무래도 손이 자주 가는 음악은 재즈다. 재즈의 세련되고 섬세한 터치는 기본적으로 고혹적인 자태를 뽐내는 와인과 안성맞춤이다. 특히나 뮤지션 각각의 개성을 담아낸 연주는 와인의 품종을 연상시키는 경우가 많다. 그날의 와인에 가장 잘 어울리는 재즈 뮤지션을 찾는 일은 와인을 마시는 것만큼 흥미롭다. 짙은 보랏빛을 내는 스파이시한 호주산 시라즈는 빌리 할리데이의 퇴폐적인 목소리와 천상의 조화를 이루고, 10만 원 안팎의 부르고뉴산 피노 누아는 키스 자렛이나 길 에반스의 영롱한 피아노 소리를 떠올리게 한다. 특히 조제프 드루앵의 알록스 코르통은 영락없는 키스 자렛이다. 한편 힘 좋은 미국산 카베르네 소비뇽은 마일스 데이비스가 하드 밥에 한창 매료되어 있을 무렵 발매한 넉 장의

'ing' 시리즈 앨범과 가장 좋은 파트너다.

재즈는 밸런스를 중시한다는 면에서도 와인과 통한다. 고급스러운 뉘앙스를 풍기는 동시에 강약의 호흡이 묘한 조화를 이루는 음악이 바로 재즈. 강렬한 즉흥 잼을 휘몰아치는 부분에선 깔깔거리며 와인을 마셔도 기품을 잃지 않게 해주고, 또 감미로운 트럼펫 솔로 연주는 청각이 미각을 지배하는 증상을 애초부터 차단해 와인의 맛에 집중할 수 있도록 도와준다. 하지만 몇몇 세부 장르에서는 와인과 부딪치는 경우가 종종 있었다. 대표적인 것이 베니 굿맨 풍의 빅밴드 스윙이다. 'Sing, Sing, Sing' 같은 곡은 들을 때마다 와인보다 맥주가 나을 듯싶었다. 더욱 '맙소사'인 경우는 마하비시누 오케스트라나 웨더 리포트 같은 초기 퓨전 재즈의 명반들이다. 이것들은 첫 곡부터 마지막 곡까지 와인과 따로 놀았다. 그 복잡한 악장들을 따라가는 데 온 신경을 집중하느라 눈앞의 와인은 안중에도 없었다.

허나 이 정도로는 약하다. 와인과 재즈는 누구나 예상할 수 있는 조합이다. 참신함 면에선 빵점짜리 실험이었다. 조금 더 전위적인 실험을 해보기로 했다. 그것은 와인과 찰떡궁합을 이루는 사운드를 찾겠다는 견딜 수 없는 의지가 불러온 아방가르드적 도약이었다고 하면 거짓말이고, 재즈는 당최 어려워서 못 듣겠다는 녀석들의 성토에 항복한 까닭이다. 멜로디를 쉽사리 따라잡을 수 없는 재즈는 이승철이 최고인 줄로 아는 녀석들 귀에 거슬리는 게 당연했다. 나는 우리 집에서 와인을 마시고 간 그 누구도 음악 때문에 와인 맛이 별로였다고 말하도록 내버려둘 수가 없다. 내 선택으로 내 소중한 셀러 안에 머무른 와인을 홀대받게 할 수는 없었다. 괴팍하고 까칠한 성질머리다. 쉽고 익숙한 음악을 시도해보기로 했다. 쉽고 익숙한 음악이란 다름 아닌 가요다.

일단 광석이 형부터 시작했다. 와인을 즐기는 연령이라면 웬만해선 싫어하는 경우가 드문 광석이 형. 하지만 세상 다 산 것 같은 그 치열한 목소리와 와인은 편하게 조우하지 못했다. 역시 광석이 형 노래는 '새벽 쓰린 가슴 위로 찬 소주를' 부을 때 제맛이다. 다음 선택은 넬. 좀더 멜랑콜리하게 가보자는 판단에서였다. 하지만 김종완의 보컬과 슬픔을 부여잡는 듯한 연주는 와인과 함께하기엔 어딘지 스산했다. SG워너비의 쥐어짜는 목소리도 거슬렸

고 루시드 폴은 차라리 깔루아 밀크 쪽에 더 잘 어울릴 것 같았다. 기본적으로 가요의 감각은 와인이 주는 감동을 따라오지 못하는 것 같았다. 게다가 가요 특유의 '뽕 멜로디'가 와인이 이룩해낸 모든 흥취를 한 큐에 앗아가 버린 것이다! 들국화와 김현식도 와인 앞에선 '뽕 멜로디'의 여파로 무너지고 말았다.

바로 그때, 불현듯 손이 간 CD가 있었으니! 이름하여 패, 티, 김. 와인에 가장 잘 어울리는 가요에 당첨된 건 다름 아닌 패티 김 선생이었다. 선생은 누군가의 표현처럼 '가요에 스탠더드를 이식한 고급 가창의 정점'이 아니던가. '초우' '이별' '가을을 남기고 간 사랑'…… 트랙 하나하나가 와인과 눈물겹도록 잘 어울렸다. 기교라곤 찾아볼 수 없는 그녀의 보컬은 정성 들여 양조해 복합적인 맛을 내는 고급 보르도 와인과 기분 좋은 만남을 이루었다. '샤토 브란 캉트낙' 1998년산 마지막 한 방울을 비우면서 난 끝내 감격하고야 말았다.

나의 호들갑에도 불구하고 아내는 잘 모르겠다는 반응이다. 패티 김을 듣느니 차라리 클래식으로 가자는 의중 같았다. 옳다구나, 클래식이 있었군. 그 동안 클래식은 왠지 재미없을 것 같아 와인 마실 때 즐기지 않는 편이었다. 물론 이는 지극히 개인적이고 편파적인 견해다. 많은 사람이 와인에 가장 잘 어울리는 음악은 단연 클래식이라고 말하는데도 말이다. 내 추론으론, 클래식은 아날로그적인 감수성이 포도밭의 테루아르를 연상시키는 듯하다. 범작과의 실낱 같은 차이가 소비자의 영혼을 울고 웃게 한다는 점도 와인과 클래식의 비슷한 점이다. 악기의 아름다움을 극대화하는 것이 클래식의 매력이라면 포도 한 송이의 잠재력을 극대화하는 것이 와인의 매력이다. 클래식은 재즈와도 비교가 된다. 재즈가 다양한 연주법마다 각각의 포도 품종과 매치되었다면, 클래식은 악기가 곧 포도 품종이다. 예를 들어, 단일 품종이지만 수만 가지의 오묘한 맛을 내는 피노 누아는 카멜레온 같은 음색을 지닌 첼로에, 결코 튀지는 않지만 부드러우면서 과일 향이 풍부한 메를로는 비올라에 비유하는 식이다. 우아한 느낌의 샤르도네는 플루트 같다 할 수 있지 않을까.

그래서 언제부터인가 와인으로 얼큰해진 친구 녀석들을 칠링(chilling)하는 차원에서 홈 파티의 피날레는 꼭 클래식으로 장식하고 있다. 와인을 비우느라 고단해진 녀석들의 코와 혀를 달래주고 시끌벅적 떠드느라 바람이 들어간 녀석들 허파에 생기를 북돋아주려는 속내도 있다. 그러다 종종 곯아떨어지는 녀석도 나타났지만, 재즈로 시작해 나긋나긋한 팝으로 발동을 걸고 패티 김의 노래로 분위기를 한껏 달군 뒤 마지막에 클래식으로 마감하는 순서는 제법 훌륭했다. 마치 가벼운 스파클링 와인으로 시작해, 화이트 와인으로 목을 축인 뒤, 가격은 저렴하지만 힘 있는 칠레나 호주산 레드 와인으로 워밍업을 마치고 나서, 그날의 하이라이트 와인을 내놓으면 제법 짜임새가 맞는 와인 리스트처럼.

하지만 역시 전혀 아방가르드하지 않다. 갈수록 답답해진다. 정말이지 나는 변혁의 깃발을 올릴 만한, 기존의 틀을 깰 만한 사운드를 찾고 있었다. 아무리 머리를 굴려도 아이디어는 샘솟지 않았다. 그렇다고 틀에 박힌 패턴으로 백그라운드 뮤직을 틀고 싶지도 않았다. 그러던 어느 날, 홍대 앞의 한 와인 바에서 해답을 찾아냈다. 빨간색 벽에 인테리어를 온통 깃털, 리본으로 도배한 이 트렌디한 와인 바는 와인 BGM의 전위를 넘어 전복을 꿈꾸는 내 뒤통수를 보기 좋게 후려쳤다. 네 상상력은 고작 그것밖에 안 되느냐며 호통을 치기도 했다. 이곳엔 놀랍게도 DJ 부스가 있었다. 와인 바에서 정식 DJ를 두고 있었던 것이다. 정신이 확 깨는 전복 중의 전복이었다. 신당동 떡볶이 집에서 앞가르마를 침으로 싹 발라넘기고 신청곡을 틀어주던 허리케인 박이 아니었다. 스크래칭과 저글링을 하는 정통 일렉트로니카 DJ였다. 오, 그것은 충격이었다. 찢어진 청바지에 연두색 머슬 티셔츠를 입고 얼굴에는 피어싱을 잔뜩 한 DJ가 댄스클럽도 아닌 와인 바에서 음악을 틀고 있었다. 나는 궁금해졌다. 과연 정신 사나운 음악의 대명사라는 테크노 음악이, 맛과 향을 느끼기 위해 오감을 집중해야 하는 와인과 어울릴까.

기우에 불과했다. 고정관념일 뿐이었다. 부스에 선 DJ가 들려주는 사운드는 내가 예상한 혼잡한 음악이 아니었다. 적당한 다운템포에 몽환적인 느낌을 주는 음악이었다. 끈적끈적한 리듬이 내 몸을 타고 흐느적거렸다. 글라스 안에서 조용히 산화 중이던 와인도 목을 타고 넘어가 내 혈관 속에서 흐느적거렸다. 포도 향 가득한 전자음과 와인이 온몸을 적셨다. 젊은 친구들이 왜 클럽에서 와인을 마시는지 알 수 있을 것 같았다. 두세 시간씩 디캔팅을 거쳐야 하는 고급 와인은 오히려 사절이다. 캐주얼하게 마시기 좋은 와인일수록 나긋이 깔리는 전자음의 홍수 속에서 리듬을 탈 줄 안다. 적당히 흥분된 몸과 싱싱한 포도 향을 풍기는 젊은 와인. 와인엔 아날로그 음색만 어울린다는 말은 영락없는 거짓이다. 전자음악의 철저히 계산된 사운드는 역시 탄탄한 계획 속에서 사람의 손을 거쳐 탄생한 와인과 향기로운 심포니를 이루었다.

　　전자음악도 와인의 동반자라는 전복의 진리를 깨우친 후, 친구 녀석들과 와인을 마실 때마다 전자음악을 곧잘 튼다. 오히려 재즈는 못 듣겠다던 녀석들도 이 요상한 조합에 제법 잘 적응하는 눈치다. 여자들과 라운지 바 좀 다녔던 경력이 한몫해서일까. 와인과 전자음악은 서로 중독의 시너지를 이루었다. 물 만난 고기가 따로 없다. 라운지 바에서 칵테일보다 와인이 더 많이 팔린다는 말에는 확실히 일리가 있다. 무엇보다 대단한 발견은 전자음악을 들으며 와인을 마셔도 친구들과 공유한 와인의 낭만과 그 소중한 이야기꽃이 단 한 번도 침범당하지 않았다는 점이다. 귀에 거슬리지 않는다면 그걸로 얘긴 끝난 거 아닐까. 다음달 와인 모임의 주제는 이렇게 잡아봐야겠다. '일렉트로니카와 함께 하는 와인.' 어때, 신나겠지?

와인 자주 드시죠?

가끔 받는 질문 중에 "와인 자주 드시죠?"라는 말이 있다. "와인을 얼마나 자주 드십니까?"도 아니고 "자주 드시죠?"라고 묻는 배면에는 와인을 일상적으로 마시지 않느냐는 뉘앙스가 깔려 있다. 이런 질문은 내가 활동하고 있는 와인 동호회의 운영진 활동을 막 시작했을 때도 많이 들었다. 그때나 지금이나 대답은 비슷하다. "그렇게 자주 마시는 편은 아닌데요."

운영진 초년병 시절에 그런 대답을 한 건 정말 와인을 자주 마시지 않아서였다. 그러나 생각해보면 그렇게 현명한 대답은 아닌 것 같다. 그 질문의 배후에는, "당신처럼 와인 동호회의 스태프로 활동하는 사람이 와인을 자주 마시지 않을 리 없다"라는 이름 모를 확신이 있었기 때문이다. 그러니 내가 와인을 자주 마시든 마시지 않든, "물론 자주 마셔요"라고 말하고 눈앞에 있는 와인 글라스를 들어 멋지게 건배를 날려주면 그만이었을 것이다. 어쨌든 동호회 회원들로부터 비슷한 질문을 받을 때마다 와인을 자주 마시지 않노라고 솔직하게 고백하는 바람에 때론 설마 그러겠냐는 의심의 눈초리를, 때론 뭐 저런 무책임한 자식이 다 있느냐는 한심 가득한 눈초리를, 때론 와인 동호회 운영진은 개나 소나 다 하는가 보다는 실망어린 눈초리를 받기도 했다(그럴 때마다 멋지게 와인 한 병 쏠걸 그랬다는 회한이 요즘 들어 새록새록 든다).

요즘에 받게 되는, 와인을 자주 마시느냐는 질문은 약간 성격이 다르다. "어린 나이에 3년 동안이나 와인 동호회 운영진과 소모임지기를 맡아온 주제에 그 경력을 바탕으로 책까지 펴내겠다는 당신은 와인을 꽤 자주 마시는 모양인데, 그렇지 않으냐" 하는 의중이 깔려 있다. 그럴 때 웬만하면 나는 "와인을 미치도록 좋아해 일주일에 와인을 네댓 병씩 비우곤 합니다"라고 말하고 싶지만, 항상 정직이 최선의 방책이므로 나는 진실을 말하려고 노력한다. "제가 지난 3년간 와인 동호회 운영진과 소모임지기로 활동하고 있기는 하지만, 그리고 그 동안 와인을 접하면서 들었던 몇 가지 생각들을 모아 책을 낼 계획이기는 하지만, 또 여기저기서 본인은 와인을 참 좋아한다고 떠벌리고 다니기는 하지만, 기실 와인을 그렇게 자주 마시지는 않는답니다."

"아니, 와인을 자주 마시지도 않으면서 어떻게 와인이 어쩌니 저쩌니 떠들어댄단 말입니까?" 그들이 항의조로 따져들면 나는 늘 부끄럽다. "죄송합니다. 돈도 별로 없고 목구멍이 포도청인데다 입만 고급이 돼버려 2만~3만 원짜리 와인은 성에도 안 차고……"라고 말할 수만 있다면 좋겠지만, 그렇게까지 말할 수는 없고 그저 사는 게 다 그런 거 아니냐고만 말한다. 항상 그러고 다녔는데, 오늘에 이르러 생각해보니 꼭 그렇게 요리 빼고 조리 뺄 일만은 아닌 것 같다. 그래 이번 기회에 해명

을 하자. 그게 그렇게 비난받을 일은 아니라고 말이다. 그리고 이 참에 와인을 꼭 자주 마셔야 하는가에 대해서도 짚어봐야겠다(혹시, 비싼 돈을 내시고 저의 허접한 횡설수설을 읽고 계실, 와인을 사랑하는 분들께서도 이 참에 한번 가슴에 손을 얹고 '나는 와인을 자주 마시는가?' 아니면 '꼭 자주 마셔야만 와인을 사랑하는 거라 할 수 있을까?' 그도 아니면 '한 달에 얼마만큼의 와인을 마셔야 자주 마시는 축에 드는 걸까?' 저와 함께 고민해주시면 감사하겠습니다. 혹시 압니까. 앞으로 와인에 갖다 바칠 돈을 절약하게 되실는지).

돌아보면 한 달에 다섯 병 이상의 와인을 마시기 시작한 건 바로 동호회 '와인과 사람'의 운영진으로 활동하기 시작하면서부터였다. 2003년 3월, 와인에 매료되어 와인 한 병 사줄 사람 없나 헤롱거리는 나를 염려한 대학 선배의 권유로 이 길에 들어섰는데, 그 전까지 나는 한 달에 한 병꼴밖에 마시지 않았다. 와인 바도 한 달에 한 번 가면 많이 가는 것이었다. 그런 나에게 선배는 동호회의 운영진으로 활동하기만 하면, 평소보다 많은 와인을 마실 수 있고 동호회 정모 참가비용도 50%나 할인받을 수 있노라고 했다. 꽤 솔깃한 유혹이었다. 그 무렵 나는 와인을 알고 싶어하는 인간치고는 와인을 너무 안 마시는 게 아닌가 하는 조바심에 시달리고 있는 참이었다. 게다가 많은 와인 선배들이 와인은 잘 몰라도 된다, 일단 운영진으로 활동하기만 하면 와인 실력은 쑥쑥 는다, 가끔씩 공짜 와인도 마실 수 있다며 갖은 사탕발림으로 나를 부추겼다.

그리하여 와인 동호회 운영진이라는 생경한 감투를 쓰게 되었다. 재미있었지만 고난의 연속이었다. 와인을 많이 마실 수 있다는 사실을 즐거워하기엔 해야 할 일이 너무 많았다. 하지만 난 게으른 인간이었다. 동

2006 ?
Malbec
2002
Pinot Noir ?
Grenache
Chardonnay ?
1997
Cabernet Sauvignon
Gamay
Merlot
1996 ?
1996 ?
Syrah !
2004
Cabernet Franc
Sangiovese

호회 정모 전날이 돼서야 허겁지겁 시음할 와인의 유인물 자료를 만들어야 했고, 어느 시음회 날에는 회사 일이 늦게 끝나 동호회 회원들을 30분 넘게 기다리게 한 적도 있었다. 그럴 때면 갖은 지탄과 원망의 눈길이 쏟아졌다. 게다가 동호회 운영진으로서 일반 회원보다 시음해본 와인의 종류도 적고 와인에 대해서도 잘 모른다는 것은 영 머쓱한 일이었다. 심상치 않은 눈길이 내 뒤통수에 와 닿았다. 아무래도 나 같은 '나이롱 후루꾸'는 테이블 한쪽 구석에 찌그러져, 주는 와인이나 조용히 받아 마시는 게 상책이겠다는 자괴감이 드는 날도 있었다. 동호회 모임과 별개로 와인을 마시러 다닌 것도 아니었다. 당시 나의 나이트라이프를 공유하는 녀석들은 다들 소주를 사랑하는 애국자였다. 그 녀석들에게 혹시 와인 한 번 마셔보지 않겠냐며 어설픈 포교라도 하려고 하면, 대뜸 꼴에 주접 떤다는 힐난만 돌아올 뿐이었다.

어쨌거나 시음해본 와인도 많지 않고, 이 집 와인 리스트에 있는 와인은 한 병씩 다 마셔보겠다며 두주불사의 정신으로 와인 바를 들락날락한 것도 아니고, 싼 와인부터 겸손하게 도전해보겠다며 대형 마트 와인 코너의 '죽돌이'가 된 것도 아니고, 그렇다고 바깥에서 누군가를 만날 때마다 늘 와인을 마시지도 않았던 걸 생각하면 정말 난 어디 가서 와인을 자주 마신다는 말을 입 밖에도 낼 자격부터가 우선 없다. 그럴 때마다 나는 와인에게 문초를 당한다. 와인은 마치 자기가 예수님이라도 되는 것처럼 내게 묻는 것이다. "너는 나를 얼마나 자주 영접하느냐?" 나는 배신자 가룟 유다처럼 귀를 막고 소리를 지르며 저 멀리 광야로 달아나는 것이다. "나는 당신을 사랑하지 않는 게 아니오. 단지 당신을 자주 영접할 만큼 부지런하지도 재물이 풍족하지도 않은 것뿐이오." 그 광야엔 동호회 회원들이 기다리고 있다. 와인 동호회 회원들은 세상에서 가장 순수한 마음과 의욕으로 똘똘 뭉쳐 있는 사람들인데, 이들에 의해 동호회 운영진은 늘 시험에 들게 된다. 동호회 회원들은 운영진에게, 당신들이 그렇게 와인을 자주 마시지 않아서야 어떻게 우리 어린 양들을 리드할 수 있겠느냐고, 또 눈 감고도 무슨 와인인지 맞힐 수 있는 경지에는 다다라야 하지 않느냐고 묻는다. 그러면 마음 약한 운영진들은 자기가 무슨 갑부 아들이라도 되는 줄 알고 사람들을 모아놓고 와인을 마구 내지르기 시작하고, 또 자기가 무슨 로버트 파커라도 되는 줄 알고 시도 때도 없이 블라인드 테이스팅을 일삼는 무모한 일에 뛰어들게 된다(물론 마신 와인 값을 계산할 때면 광야의 회원들은 카운터 주변엔 얼씬도 하지 않는다).

이러니 와인을 만나는 횟수는 오히려 점점 줄어든다. 그런데 가끔 이런 생각이 들었다. 꼭 와인을 자주 마셔야 와인을 사랑하는 것일까. 와인 마시는 데 수십만, 수백만 원씩 들이지 않고도 와인을 아끼고 사모하며 사는 방법은 없는 것일까. 아내는 곧잘 이렇게 말한다. "가끔씩 단둘이 와인 마실 때가 가장 행복해. 이렇게 차분하게 스트레스 없이 무언가에 집중하는 건 참 좋은 일이야." 그럼 내가 맞장구를 친다. "그치? 그럼 우리 좀더 자주 마실까? 가격대를 조금 낮추면 되잖아." "아니. 너무 자주 마시면 지금처럼 행복하지 않을 것 같아. 와인이 콜라처럼 되는 건 싫어." 그녀는 동호회 운영진인 나보다 와인을 더 사랑할 뿐 아니라 잘 이해하고 있다. 우리의 대화는 계속된다. "오빠랑 마시는 와인은 항상 특별해. 우리가 마신 와인에 대한 정보를 꼼꼼히 모아서 차곡차곡 스크랩해 두고 싶어. 그래야 가끔씩 들여다보면서 오빠와 함께 마실 때 공유했던 그 황홀한 느낌을 고이 간직할 수 있을 것 같거든." 그러면서 아내는 둘이 마신 와인 병을 깨끗이 닦아 아파트 테라스에 예쁘게 진열해놓는다.

취미가 '일'이 되고 부담이 되어서는 안 된다. 그저 자기 깜냥으로 얼마나 그것을 소중히 할 수 있느냐가 문제다. 대하는 빈도나 물질적 투자의 규모가 아닌 결국 애정이 키포인트다. 비록 남들보다 적게 마시더라도 우연이든 필연이든 자신이 만난 와인은 관심을 갖고 대하고, 한 모금 들이켤 때마다 그 감촉을 기억하려고 애쓰는 것. 역시 날 이해해주는 건 마누라밖에 없다. "하지만 모임을 이끄는 사람은 맡은 바 책임을 다해야지. 다른 사람의 모범이 되겠다고 운영진을 시작한 거라 말하지 않았어?" 스무드한 재즈 음악 깔아놓고, 은은한 백열등을 켜고, 간만에 큰 맘 먹고 비싼 와인 따서 점수 좀 따보려고 폼 좀 잡았건만 역시나 아내에게 와인에 대한 애정을 시험당하고 끝났다. 그리하여 오늘도 툴툴거리는 것이다. "그래요! 저 와인 자주 안 마신다니까요!"

* 이 글은 글쓴이가 좋아하는 소설가의 글에서 모티브를 얻어 내용부터 어투까지 패러디한 것입니다.

샴페인 정모의 변(辯)

딸랑딸랑(종소리). 자, 지금부터 '와인과 사람' 홍대 소모임의 열일곱 번째 정모를 시작하겠습니다. 박수 좀 쳐주시죠? (웃음 그리고 박수소리). 안녕하세요. 모임지기 이진백입니다. 이렇게 여러분들과 인사 나누게 되어 참으로 기쁘다는 말씀부터 전합니다. 보니까 처음 뵙는 분들이 꽤 많네요. 최근 저희 소모임에 참석하시는 분들이 부쩍 늘었습니다. 모임지기로서 굉장히 뿌듯합니다.

몇 가지 공지사항부터 말씀드릴게요. 요즘 게시판에서 회원 여러분의 모임 후기를 보기가 매우 어렵습니다. 이래선 곤란합니다. 바쁜 직장 생활 와중에 짬 내서 인터넷에 접속하여 후기를 쓰기가 쉽지 않죠. 하지만 후기만큼 그날 마신 와인을 확실하게 기억하는 좋은 방법은 없답니다. 꼭 좀 써주시길 부탁드리고요. 그리고 회비 입금하실 때 반드시 1인 1입금 원칙을 지켜주세요. 한 분이 두세 명치를 입금하시면 기회를 많은 분들께 골고루 드릴 수가 없습니다. 그리고 한 가지 더요. 저희 모임엔 환불이 없습니다. 못 나오시더라도 환불해드리지 않습니다. 한 분 한 분 일일이 다 챙겨드릴 수 없거든요. 따라서 사정이 생겨서 못 오시는 분들은 미리 게시판에 글을 올려서 각자 다른 회원께 양도하시길 바랍니다. 단, 정원이 다 찬 다음에 입금하시는 분들은 인터넷 뱅킹으로 되돌려드리니 그 점은 걱정 마시고요.

오늘 정모 주제, 다들 알고 오셨죠? 모르시는 분들은 다 내쫓으려고 했습니다. (웃음) 미리 공지했다시피 열일곱 번째 정모의 주제는 샴페인입니다. 사실 그 동안 샴페인을 꼭 해보고 싶었지만 비싸지는 회비가 부담이 되어 실천하지 못했거든요. 회비 금액을 다소 올렸음에도 불구하고 회원님들이 흔쾌히 동의하셔서 드디어 이렇게 좋은 샴페인을 마실 수 있는 기회를 마련했습니다. 기분 참 좋습니다.

혹시 샴페인의 기원에 대해 알고 계신가요? 다들 아시겠지만 행여 모르시는 분들이 계실까 봐 살짝 알려드릴까 합니다. 17세기 중엽의 일입니다. 프랑스 파리에서 동쪽으로 약 백오십여 킬로미터쯤 떨어진 곳에 샹파뉴란 마을이 있습니다. 지금도 있습니다. 당시 귀족들은 포도밭 관리를 지역 수도사들에게 위임하고 십자군 전쟁을 떠났죠. 이 수도사들 중에 비록 장님이지만 수도원의 와인 저장 책임을 맡은 수도사가 한 사람 있었습니다. 저장고를 순회하던 어느 날 그는 '펑' 하는 소리를 들었죠. 겨울철이라 날씨가 너무 추워 와인 발효가 멈추었는데, 봄이 되어 기온이 올라가니 병 속에서 2차 발효가 진행되었고, 이 과정에서 생긴 탄산가스가 와인 병을 덮고 있던 코르크 마개를 날려 보낸 것이었습니다. 일종의 불량품이었던 거죠. 장님 수도사는 불량품 와인을 도저히 팔 수 없어 고민하던 중, 호기심에 불량품 와인 병에 남아 있는 와인을 맛보았더랍니다. 근데 이상하게도 상큼하고 쌉쌀한 게 맛이 과히 싫지가 않았죠. 또 비용 면에서도 그 많은 술을 버리기엔 아깝다는 생각도 들었고요. 우리도 그렇지 않습니까. 불량품 재고 남으면 어떻게 해서든지 처리하려고 하잖아요. (웃음) 그래서 그 장님 수도사가 신제품을 개발하게 된 겁니다. 그때부터 명품의 역사가 시작되었습니다. 그 후 유명한 샴페인 회사인 '모에 에 샹동'이, 1794년이죠 아마, 이 수도사가 평생을 살고 묻힌 땅을 매입했습니다. 그 수도사의 정신을 되새겨 최상급 프리미엄 샴페인을 만들려는 목적에서였죠. 숱한 시행착오를 거친 뒤, 가만 보자, 아 1921년이군요. 드디어 명품 샴페인을 세상에 공개합니다. 그리고 선구자의 업적을 기리기 위해 그의 이름을 따서 명명했지요. 돔 페리뇽이라고 말입니다.

어떠세요, 여러분? 재미있지 않나요? 전 처음에 이 스토리를 들었을 때 무척 재미있었는데요. 암튼 오늘의 주제는 샴페인입니다. 샴페인, 인생의 기념비적인 순간에 꼭 등장하는 술이죠. 어떤 날이 있을까요. 프러포즈, 허니문, 생일파티, 뉴 이어스 이브, 프로야구 한국시리즈 우승 등등 말이죠. 그때마다 샴페인은 '펑' 하고 터지는 기쁨의 소리와 금빛 찬란한 자태를 동반합니다. 샴페인은 축하의 술이자 축제의 술로 알려져 있죠. 목을 넘어갈 때 느껴지는 신선하고 자극적인 맛, 그리고 기포를 발생시키며 피어오르는 고급스러운 향기가 기쁨을 나누는 장소와 썩 잘 어울리거든요. 여러분, 샴페인 한 병에서 거품이 얼마나 나오는지 아세요? 아무도 모르시나요? 허허, 이런. 섭섭합니다. 예습 좀 하고 오시지. 샴페인 한 병에서 무려 2억5천만 개의 거품이 나온다고 합니다. 거품은 샴페인에게 생명과도 같은 존재인데요. 콜라나 사이다의 거품과는 차원이 다

룹니다. 탄산음료는 강제로 이산화탄소를 액체 속에 주입해 거품의 크기가 큰 반면에, 샴페인의 거품은 발효 과정에서 자연적으로 발생한 거라 입자가 아주 작고 섬세합니다. 아, 샴페인 글라스가 길쭉한 튤립 모양을 하고 있는 것도 다 거품 때문이랍니다. 샴페인 잔은 거품이 올라오는 것을 천천히 감상할 수 있도록 V자 형태로 고안되었는데, 이 전용 잔에서 거품이 좀더 오래간답니다. 샴페인에서 거품을 중요하게 생각하는 이유는 바로 거품이 샴페인을 평가하는 척도이기 때문입니다. 거품의 크기가 세밀하고, 또 위로 올라오는 시간이 오래 지속될수록 좋은 샴페인으로 간주하거든요.

여기 샴페인이 쉽다고 생각하시는 분 혹시 계신가요? 그 정도로 간덩이가 부은 분은 없으리라 파악되는데, (웃음) 그렇습니다. 그 동안 샴페인은 정말 어려운 술이었습니다. 제가 아까 축하의 술이라고 말씀드렸죠. 이 특유의 캐릭터는 샴페인을 자주 즐길 기회를 애초에 차단했습니다. 무엇보다 메커니즘! 메커니즘을 알고 마셔야 한다는 부담 탓에 편한 술로 받아들여지지 못한 거죠. 거기다 샴페인은 아시다시피 좀 비싼 술이죠. (웃음) 솔직히 오늘 마실 프랑스산 샴페인들도 웬만한 바에선 10만 원은 주셔야 드실 수 있는 것입니다. 그러다 보니 샴페인은 으레 럭셔리 아이템으로, 또 높으신 분들 술상에나 오르는 아이템으로 낙인찍히고 말았죠. 올해 분위기는 확실히 달라 보입니다. 무엇보다 샴페인을 향한 호기심이 확산되고 고급 샴페인을 시음하는 자리가 많아지면서 대중에게도 그 매혹적인 맛과 향이 퍼진 것이지요. 저 강 건너 남쪽 동네에는 샴페인만 전문으로 취급하는 바도 생겨났다지요. 얼마 전엔 마니아가 출판한 샴페인 전문서적이 화제가 되기도 했고요. 지난 1~2년 간 와인 시장 전체가 폭발적으로 커졌듯 이제 샴페인 시장도 본격적으로 몸집을 불릴 태세인 듯합니다.

아, 제가 시작부터 말이 너무 많나요? 그래도 들으셔야 합니다. 제가 간만에 준비 좀 하고 나왔거든요. (웃음) 첫 번째 샴페인부터 서브하도록 하겠습니다. 사실 첫 번째 와인은 엄밀히 말해 샴페인은 아닙니다. 거품이 있는 와인은 크게 스파클링 와인이라고 하고, 샴페인은 그 중 프랑스 샹파뉴 지방에서 생산된 것만 부르는 이름입니다. 나라마다 이름이 다 달라요. 프랑스에서는 샴페인, 스페인에서는 까바, 이탈리아에서는 스푸만테, 독일에서는 젝트라고 합니다. 지금 받으시는 와인은 미국 것으로, 이것은 그냥 스파클링 와인이라 부릅니다. '도메인 생 미셸'이란 스파클링 와인인데요, 미국 워싱턴주 콜롬비아 밸리에서 나오는 아주 우수한 와인입니다. 시음하시면서 마저 들으시길 바랄게요.

다음은 술잔 빨리 비우시는 분들을 위한 코멘트라 할 수 있겠습니다. 샴페인은 섣불리 마시기엔 아까운 술입니다. 와인은 한 번 발효시키지만, 이 샴페인은 두세 차례 거듭 발효시키기 때문에 맛이 더 복합적이고 섬세합니다. 따라서 다른 와인을 마실 때보다 조금은 조심스러워질 필요가 있습니다. 샴페인은 냉장 보관했다가 마시기 한 시간쯤 전에 꺼내어 실온에 두었다가 20~30분 전에 얼음 통에 담가두고 나서 마셔야 가장 맛있습니다. 얼음 통에 넣어둘 때 샴페인을 골고루 차갑게 하기 위해 가끔씩 병을 돌려주는 센스까지 있다면 더욱 좋겠고요. 단, 냉장고에 보관해선 곤란합니다. 지나치게 찬 냉기가 거품을 제거해 샴페인의 맛을 떨어지게 할뿐더러, 냉장고의 진동 역시 모든 와인에 아주 좋지 않습니다. 아, 그리고 샴페인을 흔들어 '펑' 하고 거품이 나게 하는 건 단지 세

러모니일 따름입니다. 평소엔 흔들지 말고 조심해서 따시길 바랍니다. 3년이나 걸려 생성된 거품이 순식간에 파괴되는데 그렇게 무식하게 샴페인을 흔들어 대서야 되겠습니까. 흔드는 건 파리바게트에서 파는 복숭아주, 즉 짝퉁 샴페인 가지고들 하시고요. (웃음) 다른 와인과 달리 샴페인은 딱 한번만 돌리고 마시라는 말이 나오는 것도 같은 이유에섭니다. 샴페인을 잔에 따를 때는 3~4초 정도 따른 후 잠시 멈춰보세요. 샴페인의 향기를 충분히 느끼기에 가장 좋은 양이랍니다. 잔의 3분의 2가 차도록 샴페인을 채우는 건 금빛 향기와 뜨겁게 조우한 다음에 할 일이고요.

샴페인에 익숙하지 않은 분들에게 맛이 어땠냐고 물으면 열의 아홉은 이렇게 답하십니다. 쌉쌀하고 상큼해요. 톡 쏘는 느낌이 아직 어색해요. 아마도 이것이 가장 솔직한 답변일 겁니다. 샴페인의 맛은 비슷하게 느껴지면서도 미세하게 다르거든요. 때문에 샴페인은 자신을 잘 드러내지 않는 술이라고들 하죠. 그 복잡 미묘한 맛과 향 때문이겠죠. 보통 좋은 샴페인에선 꽃, 배, 견과류 향이 풍성하게 피어나지만, 그렇다고 굳이 어려운 표현을 생각해내려고 애쓸 필요까진 없습니다. 어떤 분은 샴페인에서 누룽지, 깻잎, 라면 면발 등의 냄새가 난다고 하는데 (웃음) 자신의 느낌 그대로 표현하는데 누가 뭐라고 하겠습니까?

샴페인과 어울리는 음식이 무엇이냐는 질문 참 많이들 하시는데요, 당연히 음식과 잘 어울립니다. 치즈는 최상의 콤비이며, 가벼운 안주를 원하신다면 카나페, 크래커, 갖가지 과일과 채소 등도 좋습니다. 특히 방울토마토는 와인업계 사람들이 비장의 무기로 소개하곤 하는 막강 안주죠. 고급 샴페인이면 고기와 함께 먹어도 훌륭합니다. 불고기, 갈비는 말할 것도 없고 수육과 백숙, 심지어 쇠고기를 듬뿍 넣고 간장 양념을 한

궁중 떡볶이와도 잘 어울린답니다. 믿지 못하시겠다고요? 오늘 정모 끝나고 2차 쏘시면 제가 좋은 집으로 안내해드리겠습니다. 대신, 제 회비는 면제해주세요. (웃음) 단 몇 가지 음식은 피하라는 게 대세입니다. 일단 샴페인의 주적은 고춧가루. 고춧가루가 많이 들어간 매운 음식은 샴페인의 밸런스를 깨뜨리는 경향이 있고요, 아스파라거스는 전통적으로 샴페인과 최악의 조합으로 오명이 자자합니다. 가장 쉽게 접할 수 있는 샴페인인 '브뤼'는 쓴맛이 강해 과일 디저트와는 어울리지 않고요. 과일 안주로 마실 때는 달콤한 '드미섹'으로 하세요.

여러분 제가 대단해 보이시죠? 어쩜 저렇게 샴페인에 대해 해박할까 부러우시죠? 전혀 아니랍니다. 어젯밤에 이거 외우느라고 머리가 터질 뻔했습니다. 어쨌거나 샴페인, 정말 멋진 와인인 것만은 분명합니다. 끊임없이 올라오는 미세한 거품, 코와 목을 타고 넘어가는 황홀한 금빛, 샴페인을 마실 때만큼은 정말 특별한 순간입니다. 제2차 세계대전 당시 영국의 수상 윈스턴 처칠이 이렇게 말했답니다. 제군들은 명심하라. 우리는 프랑스가 아니라 샴페인을 위해 싸우는 것이다! 아, 이건 외운 거 아니랍니다. 원래 알고 있던 거라고요. (웃음) 자, 제가 축배를 제의하겠습니다! 오늘 정모, 이 황홀한 금빛처럼 찬란한 시간이 되었으면 좋겠습니다. 자, 건배!

신의 물방울 놀이

간자키 시즈쿠는 일본 최고 와인 평론가의 아들이다. 그는 일반인이 범접할 수 없는 섬세한 미각을 지녔다. 20년 전 딱 한 번 먹었던 포도의 맛을 기억해낼 정도다. 후각은 한술 더 뜬다. 와인에서 달콤한 딸기 향이 그윽하게 피어오르면 '흠, 수확할 무렵의 봄 딸기밭에서 나는 향이군' 이런 식이다. 어릴 때부터 아버지에게 철저한 미각 교육을 받아서다. 하지만 아버지의 와인에 대한 집착에 반기를 들고 집을 나간 탓에 와인에 대한 지식은 전무하다. 아버지 간자키 유타카가 사망하면서 귀하고 값비싼 와인 컬렉션을 남긴다. 와인 컬렉션을 상속받으려면 아버지가 선정한 12가지 와인이 언제 어디서 만들어진 와인인지를 알아맞히고 '신의 물방울'이라고 명명한 궁극의 와인을 찾아내야 한다. 시즈쿠는 와인 지식은 있지만 미각은 평범한 여자 소믈리에를 파트너로 삼고 와인 컬렉션을 손에 넣으려는 젊은 와인 평론가와 맞선다.

와인 애호가라면 첫 문장에서 단번에 눈치챘을 것이다. 2006년 와인업계에서 최고 화제가 된, 와인을 주제로 한 일본 만화『신의 물방울』의 줄거리라는 것을.『신의 물방울』의 파급효과는 실로 대단했다. 와인 애호가 중에 이 만화를 안 본 사람이 없었다. 와인 깨나 마신다는 사람들 사이에서 이 만화를 모르면 간첩 내지는 왕따 취급을 받았다. 와인을 처음 시작하는 이들에겐 명실상부 바이블로 추대되며 학습서 역할도 톡톡히 했다. 언론은 단행본 제6권까지의 누적 판매량이 15만 부를 넘었다며 호들갑을 떨었다. 문화평론가를 자처하는 이들도 어른들의 만화 읽기를 부추겼다는 이유로 이 낯선 전문만화의 시장 점유에 대해 쌍수를 켜고 반겼다.

나도 열심히 본다. 신간이 나왔다는 소식을 접하면 하던 일을 멈추고 즉시 서점으로 달려간다. 이때는 평소 그토록 사랑해마지 않던 인터넷서점도 외면한다. 기다림이 주특기인 나로서도『신의 물방울』이라 하면 하루의 틈도 참지 못한다. 자다가도 벌떡 깬다는 표현이 맞을 게다. 물론 내용만 보면 지극히 뻔한 일본 만화다. 평생 한 우물을 파 엄청난 권력을 가진 아버지, 그에게 오이디푸스 콤플렉스가 있어 대드는 아들, 아들에게 자극이 되는 막강한 실력의 경쟁자, 그리고 아들을 올바른 길로 나아가게 돕는 헌신적인 조연들. 경쟁자와의 끊임없는 대결을 통해 마침내 아버지의 경지에 도달하게 되는 스토리. 그것이 와인이든, 초밥이든, 무공이든, 레이싱이든, 아무리 시시껄렁한 기술이든지 상관없다. 지극히 '망가' 다운 도식적인 설정. 하지만 결코『신의 물방울』의 값어치를 떨어뜨리진 않는다. 새로운 와인이 등장할 때마다 새로 전개되는 각각의 에피소드가 모든 잡생각을 사라지도록 한다. 특히 나는 그 탄탄한 에피소드를 만들기 위해 작가가 갈고 닦았을 와인에 대한 정보량에 진심으로 경의를 표한다.

난 이 만화의 과장과 오버가 마음에 든다. 이를 테면 이런 것들이다.

주인공이 1999년산 리슈부르를 디캔팅하면서 와인 병과 디캔터를 30cm 이상 떼어놓고, 와인을 '붉은 명주실처럼 똑바로 병 주둥이로 떨어져 들어가게' 하는 신의 솜씨를 보여준다거나, 와인을 마실 때마다 '오… 오… 오…'를 남발하며 와인에 대해 주구장창 얘기하는 장면을 난 사랑한다. 등장인물들의 그 엄청난 블라인드 테이스팅 능력도 만약 묘사되지 않았다면 만화의 힘을 반감시켰을 것이 분명하다. 이 만화를 두고 딴죽을 거는 분들도 꽤 많은 걸로 안다. 앞뒤 살짝 막히신 어르신들께선 『신의 물방울』의 내용이 현실에 존재할 수 없는 상황이라며, 되레 올바른 와인 문화 정착에 악영향을 끼칠 수 있다고 우려하시지만, 난 그렇게 생각하지 않는다. 갖은 오버와 생쇼가 포진하고 있기에, 과장됐지만 환상적인 말과 그림이 있기에 사람들이 더욱 와인에 흥미를 느끼는 것이다. 그것이 만화의 힘이다. 너무 만화적이라고 비판하는 사람도 있다던데, 그럼 만화를 만화라고 하지 무어라 부르리오.

　하지만 양지가 있으면 음지가 있는 법. 『신의 물방울』에도 당최 용서가 안 되는 원죄가 있었으니. 등장하는 와인들이 대부분 지나치게 고가라는 점이다. 물론 우리 같은 서민이 마시

기에 적정한 금액의 와인들이 전혀 나오지 않은 건 아니다. 미국을 대표하는 와인인 '오퍼스 원'과 맞짱 떠서 케이오승을 거두는 '몽 페라'나 프랑스 와인과 이탈리아 와인을 두고 국가대항전을 붙이는 장면에 등장하는 '생 콤'은 모두 5만 원 안팎에서 구할 수 있는 와인들이다. 하지만 만화에 나오는 대부분의 와인은 평생 한 번 마실까 말까 하는 고가의 부르고뉴 와인들이다. 40만~50만 원씩 하는 명품 와인이 쉴 새 없이 등장한다. 그러다 보니 이건 뭐 대리만족 이전에 완전히 고문받는 느낌이다. 『신의 물방울』의 표현대로 하자면 '뒷모습만 살짝 보여주고 얼굴을 드러내지 않는 여인'처럼 가격대가 손에 닿지 않을 만큼 저 멀리에 있다. 책을 덮으면서는 한 달 식비 20만 원짜리인 내 인생에서 와인에 취미를 붙인 게 과연 잘한 짓인지 반문하게 된다. 그리곤 한 가지 명제에 다다른다. '『신의 물방울』은 염장 만화다!' 하긴, 이런 말도 있지 않았나. 만화는 만화일 뿐 따라 하지 말자(없음 말고).

다다시 아기 작가의 염장질에 신세한탄 하다가도 다시금 희희낙락하며 만화책을 손에서 놓지 않는 건, 그 탁월한 와인 표현 능력 때문이다. 그 동안 우리는 TV 맛 리포터들의 식상한 표현에 길들어져 있었다. 그러니 『신의 물방울』의 촌철살인 맛 표현력이 신선하게 다가올 수밖에 없다. 주인공인 시즈쿠는 와인을 마시면 늘 어딘가 다른 장소에 와 있는 듯한 환상에 빠진다. 그러면서 그 와인의 특징에 대해 줄줄이 읊어댄다. 그 관능적인 착각 속으로 잠시 들어가 보자.

"발리 섬? 강렬한 열기와 울려 퍼지는 악기 소리. 그리고 도취하게 만드는 목소리. 달콤하고 관능적인 에스닉 향이 떠다니는…… 깊은 밤. 눈앞에는 색색의 스파이스로 꾸며진, 다양한 고기요리와 잘 익은 과일.

섹시한 의상을 걸친 무희들의 머리카락과 몸을 장식한 것은, 아카시아와 인동덩굴의 꽃잎……" 30분 디캔팅을 끝마친 생 콤 2001년산에 대한 시즈쿠의 표현이다. 보르도 그랑크뤼 3등급 와인인 샤토 보이드 캉트낙 2001년산도 만만치 않다. "여기는…… 가면무도회. 카베르네 소비뇽의 특징인 크렘 드 카시스. 그리고 이건 뭐지…… 그렇구나 아몬드의 구수하면서도 달콤한 뉘앙스. 그리고…… 놀랍도록 풍부한 흙냄새. 끝없이 넓게 펼쳐진 정원의 이슬을 머금은 대지의 아로마다. 잘 치장한 귀족들의 어딘가 신비로움을 간직한, 마치 하룻밤의 환상 같은 엘레강트한 파티가……" 이탈리아 와인 로조는 또 어떤가. "해바라기 밭이다……. 태양을 듬뿍 쬔 해바라기가 아름답게 피어 있어. 그리고 천천히 저무는 커다란 태양. 어딘가 그리운 향수를 자아내는 석양에 물든 해바라기 밭 속에 나는 지금 서 있다……"

일본 만화 특유의 결코 순화되지 않은 과장법은 우리를 가슴 설레게 만든다. 그래서 『신의 물방울』을 보는 관점을 다르게 잡아보았다. 비록 와인 방울이 붉은 명주실처럼 디캔터에 들어가도록 따르지는 못해도, 이 만화가 심금을 울린 또 다른 미장센인 그 놀라운 표현력을 나도 터득해보자는 것이었다. 우리는 와인을 마실 때마다 늘 좌절을 경험한다. 이 향이 뭐였더라, 이건 어디선가 겪었던 맛인데. 하지만 한번 떠난 기억력은 결코 돌아오지 않는다.

이런 둔감이, 이런 무기력한 속수무책이 마음 속 깊은 곳에서 자괴감을 불러와 사람을 미치게 한다. 얄팍한 어휘 능력과 빈약한 미각을 처절하게 곱씹는 건 너무도 가슴 아픈 일. 그것도 그 사랑스럽고 곱살한 와인을 마실 때마다 매번 그러하다면.

그때부터 나만의 신의 물방울 놀이가 시작된다. 와인을 마시고 나면 무조건 눈을 감았다. 깜깜한 암흑 속에서 눈앞에 서서히 펼쳐지는 화면에 집중했다. 얄팍한 어휘 능력과 빈약한 미각을 탓하는 대신, 내 능력이 허락하는 한도 내에서 화면을 만들어 나가기 시작했다. 『신의 물방울』이 배출한 최고 인기 와인 몽 페라 2001년산을 구해 시음했을 때, 퀸의 '보헤미안 랩소디'가 울려 퍼지지 않는다고 실망하지 않았다. 건스 앤 로지즈의 '노벰버 레인'이 들리든 싸이의 '챔피언'이 연상되든 상관없었다. 어차피 애초부터 만화 속 도미네 잇세처럼 되기를 바라고 시작한 놀이가 아니다. 거창해도 좋았고 억지스러워도 좋았다. 각종 괴팍하고도 짓궂은 상상력도 동원했다. 별반 느낌이 없으면 일부러라도 상황을 설정했다. 화장품 가게가 눈앞에 펼쳐지면서 울긋불긋한 각종 과일 향수병이

내 주위를 뒤덮고 있기도 했고, 황무지 자갈밭에서 열심히 삽질하고 있는 나를 발견하기도 했다. 한번은 전 세계 모든 인종이 골고루 모여 있는 뉴욕 타임스퀘어가 펼쳐졌고, 육감적인 여인네들이 벗고 뛰노는 젖은 수영복 선발대회 현장으로 날아갈 때도 있었다. 와인 한 병을 비울 때마다 눈앞에 아른거린 관능적인 착각이 하나 둘 차곡차곡 쌓여 갔다.

언젠가 주위를 둘러보니 신의 물방울 놀이를 즐기는 건 비단 나뿐만 아니었다. 신기했다. 동호회 사람 모두가 매일 저녁 지구촌 여행을 떠나고 있었고, 시음회에 참석하는 이름 모를 애호가 여러분도 온갖 과장과 오버를 일삼고 있었다. 와인을 복잡하고 머리 아프다는 이유로 도외시하던 내 동생 녀석마저 자기 여자 친구와 신의 물방울 놀이를 하고 있었다. 간혹 와인 대신 복분자주로 해서 그렇지.

신의 물방울 놀이를 하면 할수록 똑같은 생각이 머릿속을 떠나지 않았다. 『신의 물방울』의 진정한 위대함은 사람들로 하여금 취하고 싶어서가 아니라 와인을 제대로 알고 싶어 와인을 마시고 싶게 만든다는 데 있다. 그러려면 공부를 게을리 하지 않을 수 없고 공부를 게을리 하지 않기 위해 또 와인을 마실 수밖에 없는 이 기막힌 알고리즘. 그렇게 앞만 보고 거침없이 외곬으로 달리다 보면, 과연 간이 언제까지 버텨줄진 모르겠지만, 나만의 신의 물방울을 찾는 날도 그리 멀지 않았으리라. 그래서 오늘도 와인 한 모금을 입술에 대고 스르르 눈을 감는다. 그리고 천천히 여행을 떠난다. 오늘은 또 어디일까. 초목이 광활한 들판일까, 명품이 정갈하게 진열된 백화점일까. 막 풍경이 눈앞에 모습을 드러낼 찰나, 귓가에 들리는 소리.

"또 와인 마셔? 알코올중독자 되려고 작정했어?"

와인 맛이 뭐 이래

며칠 전 본가에 갔더니 아버지께서 자꾸 투덜거리셨다. 보자마자 말씀을 꺼내시는 걸 보니 와인 얘기가 분명했다. 최근 들어 와인에 흠뻑 빠지신 아버지께선 출가한 아들과 와인 얘기로 대화의 물꼬를 트는 걸 참 좋아하신다. 보통 이렇다. 내 입맛엔 '마주앙 메독'이 제일이더라. 냉장고에 넣어 차갑게 해서 마시면 난 그게 그렇게 좋다. 그러면 내가 입을 연다. 아버지, 와인은 냉장고에 보관하면 안 돼요. 냉장고는 온도가 너무 낮아서 병입 후 숙성이 일어나지 않아요. 그러면 보관하는 의미가 없어진다고요. 그러면 아버지께선 멋쩍은 웃음을 지으시고는 그래도 당신은 시원하게 마시는 레드 와인이 좋다며 싱글벙글하신다.

아버지의 불만 대상은 다름 아닌 이마트 직원이었다. 평소처럼 마주앙 메독을 사러 와인 코너에 들르신 아버지에게 이마트 직원이 공짜 글라스를 드리겠다며 이름 모를 1만5000원짜리 칠레 와인을 권했단다. 그 직원이 하도 끝까지 물고 늘어진 데다 공짜로 잔을 두 개나 준다고 해 아버지는 마음이 흔들려 그 와인을 샀는데, 집에 와서 마시니 완전히 상해 식초산으로 변해 있었다는 것이다. 그래서 그 와인을 어떻게 하셨냐고 물었더니, 이튿날 이마트 가는 길에 들고 가 숍 매니저한테 따져서 다시금 마주앙 메독으로 바꿔 오셨다고 하신다. 그래서 상황 설명을 해드렸다. 사실 그도 그럴 것이, 국내 와인 수입상 중에 와인 전용창고를 제대로 보유하고 있는 업체가 몇 안 되는 데다 소매상들 또한 맥주, 위스키 등과 함께 와인을 보관하고 있으니 한여름에는 자칫 와인이 상해버리기 십상이다. 재고 기간이 늘어날수록 와인이 상했을 가능성은 높아질 테고, 그것들을 빨리 팔아 치워야 하는 소매상 입장에선 싸구려 막잔 한두 개씩 붙여서 할인가로 프로모션 하는 것이다.

내게도 비슷한 경우가 있었다. 단 이 대목에서 책임은 순전히 내게 있다. 롯데백화점에서 단골들에게만 와인을 싸게 판다는 정보를 입수한 나는 지금도 내 베스트 와인 중의 하나인 '사시카이아' 2001년산을 구입했다. 당시 내겐 와인 셀러가 없었던 관계로 집에서 나름대로 그 동안 와인 보관소 역할을 하고 있던 부엌 옆 다용도실 선반 위에 올려두었다. 서늘하고, 직사광선도 피할 수 있고, 습도도 적당한 곳이었으니까. 하지만 여름이 다 끝나갈 무렵, 불멸의 와인 동지들과 가졌던 가을맞이 와인 파티에 들고 나갔는데, 웬걸. 식초까지는 안 되었어도 밸런스가 완전히 깨져 있었고 디캔팅을 해도 본래의 맛과 향을 내지 못했던 것이다. 다용도실이 아무리 서늘하다고 해도 무더운 한여름에 에어컨 없는 집안에 와인을 오랜 기간 방치해두면 문제는 생겨날 수밖에 없다. 내게 신비로운 고급 와인의 세계를 눈 뜨게 해준 사시카이아가 그렇게 비리비리해지는 데 가슴이 너무 아팠다. 바로 그날 난 와인 셀러를 사야겠다고 결심했다.

변질된 와인을 마실 때만큼 꺼림칙할 때도 없다. 설레는 감정을 보듬은 채 와인을 한 모금 입에 물지만 인상을 찡그릴 수밖에 없는 그 찜찜함. 정말이지 다시는 겪고 싶지 않은 일이다. 상한 와인을 구별하려는 이유는 단순 명료하다. 와인 숍에 갔을 때 상태가 좋은 와인을 구입하기 위해서이고, 바나 레스토랑에서 제값을 하는 와인을 마시기 위해서이다. 그러기 위해선 와인을 따기 전에 그 와인의 상태가 어떤지 가늠할 줄 알아야 한다. 그렇다면 상한 와인을 구별해내는 것은 고수들만의 영역일까? 꼭 그런 것만은 아닌 것 같다.

가장 간단한 건 우선 병마개 부분을 덮고 있는 알루미늄 포일부터 유심히 살펴보자. 정상적인 와인은 포일이 옆으로 돌아가게 마련이다. 만약 그렇지 않다면, 이는 와인이 밖으로 흘러 넘쳐 포일에 말라붙은 거라고 보면 된다. 이런 경우는 주로 와인 숍에서 터무니없이 싸게 파는 할인행사를 열 때 많이 접하게 된다. 주의할 것은 이탈리아산 DOCG급 와인이나 스페인산 와인의 경우는 포일 위에 인지를 붙여 애초에 포일이 돌아가지 않는다. 부디 참고하기를. 또 포일 끝부분에 와인이 흐른 흔적이 남아 있는 때도 종종 있다. 이 경우엔 흘러넘친 와인을 누군가 닦아냈을 가능성이 높다. 가뜩이나 온도에 민감한 와인은 7~8월엔 보통 화물선 컨테이너에 실려 한 달 이상 적도를 통과해야 하는데, 그것이 만약 비인기 고가 와인이라면 온도와 습도 조절 장치를 갖추지 못한 와인 수입상 창고에 한동안 처박혀 있을 게 분명할 터. 이러면 와인이 부글부글 끓었을 가능성이 높다. 어찌 됐든 중요한 사실은 정상적인 와인의 포일은 반드시 깨끗하다는 점이다.

그렇지만 와인을 살 때 알루미늄 포일만 돌려본다고 해서 모든 문제가 해결되는 게 아니다. 사실 시중에서 상한 와인을 접하는 경우는 꽤 드물기 때문이다. 우리가 느끼는 '맛이 간 것 같은' 와인은 사실 '상했다'기보다 '질이 저하됐다'고 봐야 옳을 것이다. 다용도실에 놔뒀던 사시카이아만 봐도 그렇다. 알루미늄 포일 잘 돌아갔고 겉으로 봐선 딱히 문제될 건 없었다.

와인은 질이 떨어지면 가장 먼저 무게감과 바디감이 달라진다. 하지만 그건 와인을 따서 마셔봐야 알 수 있는 내용이다. 와인의 외관만 보고 질이 저하된 와인을 찾아내자는 게 오늘의 숙제 아닌가. 따라서 알루미늄 포일을 돌려보는 것만으로는 부족하다. 정상적인 상태의 와인을 고르려면 그만큼 따져봐야 할 요소도 많다.

그렇다면 일종의 체크 포인트가 필요하다. 역시나 대한민국 교육 시스템에서 십수년을 보낸 나에겐 주관식보다 객관식에 답을 다는 편이 훨씬 익숙하다. 와인이 변질됐다는 징후로 여겨져 온 각종 현상들을 항목화해서 하나하나 따져 보는 것이 가장 좋은 방법이다. 역시나 그 동안 발로 뛰어 파악해둔 나만의 상한 와인 구별 시트를 살짝 공개한다.

총 11개의 항목 가운데 하나라도 해당된다면 와인에 문제가 있을 거라 예상해도 좋다. 나름대로 쏠쏠한 정보가 되리라 확신한다. 하지만 그 전에 밝혀둘 게 있는데, 본인은 막상 와인 숍에 갔을 때 이대로 일일이 하나하나 따져보고 와인을 구입한 적이 많지는 않다. 이유는 까칠하게 굴어 세상 힘들게 사느니 그냥 믿고 살자는 내 순진무구 어영부영 마인드 때문이라 하겠다. 난 이게 문제다. 독자 여러분들은 그러지 않길 바란다.

증상 1 코르크가 밖으로 약간 삐져 나왔다

온도가 높은 장소에서 오래 보관된 경우 나타나는 증상. 코르크
가 병 안쪽으로 들어가 있는 경우도 있는데, 이는 외부에서 힘으로 눌렀
다는 증거다.

증상 2 '얼리지'가 넓다

포일 끝선과 와인의 선 사이를 전문용어로 얼리지(누손량)라 하
는데, 얼리지가 넓을수록 와인이 변질했을 가능성이 높다. 그만큼 와인
이 산화되어 증발했거나 끓어 넘쳤다는 증거이다. 가장 이상적인 얼리지
는 1~2mm라는 게 업계 종사자들의 견해.

증상 3 와인이 많이 새어 나왔다

와인이 새어 나와 알루미늄 포일 아래로 흐른 자국이 남은 것 또
한 더운 데서 보관되었다는 증거다. 빨간 불 깜빡깜빡!

증상 4 플라스틱 포일이 돌아가지 않는다

와인 포일은 손으로 돌리면 돌아가야 정상. 돌아가지 않는
경우는 흘러 넘친 와인이 딱딱하게 굳어 포일에 붙었기 때문이다.

증상 5 와인의 빛깔이 탁하다

빛깔이 탁해질 만큼 와인이 상했다면 상당히 나쁜 조건에서 오랫
동안 방치되었다는 의미이다. 또한 레드 와인의 경우 빛깔로 와인의 상태
를 감별하기는 무척 어렵다. 반면 화이트 와인이 그나마 쉽게 눈에 들어

오는 편인데, 황금빛 화이트 와인은 변질되면서 점점 주황빛으로 변한다.

증상 6 라벨이 지저분하다

이런 경우 주로 보관이 잘못된 와인으로 취급하지만, 꼭 그런 것만은 아니다. 같은 상자에 보관된 와인이 끓어 넘쳐 다른 와인의 라벨에 묻어 자국이 남게 되는 경우도 있다. 하지만 의심은 해볼 만하다.

증상 7 라벨이 바랬다

와인이 햇볕에 많이 노출됐다는 증거이다. 와인이 변질됐을 가능성이 높다.

증상 8 빈티지가 너무 오래됐다

장기 숙성이 가능한 고급 와인을 제외한 일반 와인의 경우 보존 연한은 보통 5년으로 본다. 이 기간이 지나면 와인이 서서히 변질될 가능성이 높다. 하지만 보관상태만 좋다면 크게 문제되지 않는다.

다음의 증상들은 와인이 상한 것으로 생각할 수 있지만 알고 보면 그렇지 않은 것이다. 착각은 금물!

속지 말자 증상 1 코르크에 곰팡이가 생겼다

보통 곰팡이가 생기면 와인이 많이 상하지 않았나 우려하기 십상이지만, 이는 습도가 충분히 높은 장소에서 보관되었다는 증거다. 안심해도 좋다.

속지 말자 증상 2 병 속에 찌꺼기가 둥둥 떠다닌다

오크통 안에서 와인을 숙성시킬 때면 반드시 거치는 과정이 '정제'다. 이는 달걀 흰자위 등을 통 안에 넣어 각종 불순물을 응고시켜 바닥에 가라앉히는 것을 일컫는다. 이렇게 생겨난 찌꺼기는 보통 필터링 작업을 통해 없애지만, 고급 와인의 경우 필터링을 하지 않는 경우도 많다. 따라서 병 속의 찌꺼기는 와인의 변질과는 아무런 상관이 없다.

속지 말자 증상 3 바닥에 침전물이 가라앉았다

지극히 정상적인 와인이라는 증거이다. 이 침전물은 모두 주석산염이다. 와인에는 여러 종류의 산이 있는데, 가장 많이 들어 있는 것이 주석산과 사과산이다. 이 중 주석산이 발효와 저장기간 중 와인에 들어 있는 칼슘이나 칼륨과 결합해 주석산염을 형성하는 것. 대부분 제조 과정에서 제거되지만 미세한 입자는 와인이 병에 담긴 뒤에도 결정을 이루어 병의 바닥에 가라앉는다. 소테른 와인의 경우 주석산염이 현저하게 눈에 띄어 50~70% 정도까지 할인해서 판매할 때가 종종 있는데 당장 구입하라. 아무런 문제 없다.

마트 와인은 와인이 아니다?

대형 할인점이 전체 와인 시장의 50% 이상을 차지하게 되었다는 사실이 신문에 나왔다. 주요 할인점의 와인 판매량이 1만~2만 원대를 중심으로 전년 대비 40% 올랐다는 것이다. 상황이 이러하니 와인을 즐기는 사람은 현저히 증가했어도 문 닫는 와인 숍과 와인 바가 늘어난다는 얘기까지 나올 지경이라고 한다. 물론 지극히 자연스러운 경제 현상이라 할 수 있다. 똑같은 와인이라도 대형 할인점과 일반 와인 숍의 가격이 5000원 이상 차이가 나는 경우가 허다한데, 소비자가 대형 할인점으로 발길을 옮기는 것은 당연한 일일 것이다.

와인을 즐기는 가정의 식탁이 할인점 내에서 주로 판매하는 테이블급 저가 와인 천지가 되어가고 있다는 얘기다. 사실 지난 1~2년 사이에 대형 할인 마트의 와인 코너에는 일대 변화가 일어났다. 1만5000원 이하의 저렴한 와인은 물론이거니와 웬만한 고급 레스토랑에서 파는 와인이나 고가 와인까지 모두 구비되어 있고, 와인과 잘 어울리는 치즈도 어느 정도 수준 이상에다 와인 액세서리와 글라스도 잘 갖춰져 있다. 몇몇 매장은 와인을 보관하는 적절한 온도와 습도까지 맞춰 놓아 보관 상태 또한 좋다. 와인업계의 거품이 빠지면서 와인 대중화 바람이 거세진 근본적인 이유가 바로 대형 할인점에 있는 셈이다.

며칠 전에 장모님께서 보내주신 쇠고기 등심에 어울릴 만한 테이블급 와인을 사기 위해 집 근처 대형 마트에 갔다. 주말을 앞둔 금요일 저녁 시간이라 마트 안은 북새통을 이루고 있었다. 와인 코너 역시 술을 앞에 두어 그런지 얼굴이 환해진 남자들과 그들보다 훨씬 더 열정적으로 와인을 고르는 여자들로 바글거렸다. 손님들에게 와인을 추천하느라 다소 지쳐 보이는 점원을 붙잡고 다짜고짜 물었다. 최근 여기서 제일 많이 나가는 와인 딱 열 개만 추천해주세요. 잡지쟁이 기질을 버리지 못한 내 갑작스러운 질문에 당황했는지 그녀는 잠시 얼이 빠진 듯했지만, 이윽고 마치 대본을 외우고 있던 것처럼 줄줄 읊어대기 시작했다. '마니스위츠 콩코드 매그넘'도 잘 팔리고요, '카를로 로시 레드 상그리아'도 인기고, 또 '갤로 와일드바인 카베르네'와 '모건 데이비드 콩코드'도 반응이 좋답니다, 손님.

그녀의 요지는 할인 마트에선 가볍고 달콤한 저가 와인이 단연 인기라는 것이다. 실제로 국내 최대 규모의 매출을 자랑하는 한 대형 마트의 와인 판매 순위만 보더라도 '마주앙 3인방'을 제외하곤 스위트한 와인들이 톱 텐의 나머지를 채우고 있었다. 어찌 보면 바람직한 현상이다. 대형 할인점 와인 코너에서 허영과 과시, 겉치레는 사라지고 없었다. 고급 문화의 상징이자 일반인은 쉽게 다가가지 못하는 귀족 기호품으로서 와인의 이미지는 찾아볼 수 없었다. 이 땅에서 와인의 일상화, 와인의 대중

화가 과연 가능하기나 할까 궁금한 마음에 이따금 호프집에서 생맥주보
다 싼 와인을 팔면 어떨까 공상에 빠지는 내게, 와인이 고급 취미로서가
아니라 냉장고에 늘 자리 잡고 있는 1리터짜리 우유 곽처럼 사람들에게
어필하고 있다는 징후는 언제나 반가울 따름이다.

하지만 저토록 바람직한 현상 앞에서, 나는 한편으로 참 신기하다는
생각을 했다. 와인이 일상화될 수 있었던, 아니 일상화가 되기 위한 발판
이 되었던 이유는 다름 아닌 건강에 좋다는 것 때문인데 왜 달콤한 와인
이 인기를 끄는 것일까. 도무지 나의 달콤한 와인에 대한 거부감은 끊이
질 않았다. 사실 이 땅에서 와인은 술 아닌 약주로 대접받는다. 이제는 말
을 꺼내기가 몹시 지겨운 프렌치 파라독스, 즉 프랑스 사람들이 기름진
음식을 많이 먹는데도 심장병 질환 발생이 낮은 현상이 국내 언론에 쉴
새 없이 소개되면서 와인 붐을 일으킨 까닭이다. 게다가 프랑스 사람들
이 매일 한 잔씩 마시는 와인으로 비만을 방지한다는 속설까지 널리 인정
받게 되면서, 또 레드 와인에 함유된 폴리페놀이란 성분이 항암 효과가
있다는 학설이 연이어 보도되면서 우리나라 사람들의 와인 사랑은 시작
된 것이다. 우리나라 사람처럼 몸에 좋다는 건 죄다 열심히 먹는 민족도
아마 전세계적으로 찾아보기 힘들 것이다. 어쨌건 건강이 이슈인데 달콤
한 와인이 사랑받는다는 사실은 부조리다. 지나친 당도로 인해 건강과
별로 상관이 없는 데다, 이 대형 할인점의 스타급 와인들로 말할 것 같으
면 조금만 마셔도 머리가 깨질 듯 아픈 증상을 야기하는데도 말이다.

그러던 어느 날, 지금은 프랑스로 날아가 와인을 공부하고 있는, 나
를 와인세계에 본격 입문시킨 와인 사부의 블로그에 놀러 갔다가 재미있
는 사실을 한 가지 알게 되었다. 이마트 와인 판매 순위 1위부터 3위까

지의 와인이 프랑스 현지의 매장에서는 와인 코너가 아니라 다른 알코올 코너에서 팔린다는 사실이었다. 그는 또 이런 얘기를 했다. 이 와인들은 엄밀히 말하면 와인이 아니다, 만약 그 와인들을 프랑스 매장에서 와인 코너에 비치해둔다면 우리 식으로 산사춘과 백세주를 와인 코너에서 나란히 파는 것과 별반 다를 바 없다. 재미있는 얘기였다. 와인을 마시는 사람이라면 누구나 할인점 베스트셀러로 알고 있는 와인들이 따지고 보면 와인이 아니라는 사실 말이다. 그렇다면 왜 그럴까?

이를 파악하기 위해선 대형 할인점의 스타급 와인들, 즉 달콤한 레드 와인의 생산 과정을 알아둘 필요가 있다. 사실 와인에 있어서 당분은 대단히 중요하다. 일반적으로 보통의 레드 와인은 포도를 껍질 채 짜서 만든 포도즙을 발효시켰을 때 그 안에 함유되어 있는 당분이 알코올로 변환되면서 만들어진다. 이때 와인에는 와인 메이커의 판단으로 당분을 조금씩 남기는 게 보통인데, 이를 '잔당(殘糖)'이라 한다. 잔당 수치가 5% 미만일 때 아주 드라이하고, 5~10%일 때 달달한 과일 터치가 느껴지고, 10%를 넘으면 스위트 와인이 되는 것이다. 특히 달콤한 레드 와인을 만들 때는 이 당분의 발효 과정에 터치를 가한다. 포도즙 발효가 어느 정도 진행되었을 때 강제로 발효를 중지시키는 것이다. 남아 있는 당분이 더 이상 알코올로 발효되는 것을 막기 위해 와인의 발효를 강제로 중지시키는 것은 화학 약품의 몫이다. 화학 약품을 와인에 투여해 남아 있는 효모를 모두 죽인다. 따라서 달콤한 레드 와인 안에는 효모가 살아 있지 않기 때문에 병입 후에도 더 이상 숙성되지 않는다. 오래 묵혀두었다고 해서 맛이 더 좋아지는 일이 없다는 것이다.

효모를 완전히 죽이기 위해 넣는 화학 약품, 그것은 이산화황이다.

아황산염과 산소의 결합물인 이산화황은 으레 레드 와인에 소량 첨가되는 물질이다. 산화를 방지하는 것이 주된 역할이다. 와인은 이산화황 작업을 하지 않으면 산화가 지나치게 빨리 일어나는 까닭이다. 하지만 문제는 달콤한 레드 와인에 들어가는 이산화황의 양이 지나치게 많다는 점이다. 그럴 수밖에 없는 것이, 알코올 도수 5~6도쯤 발효된 포도즙에 조금이라도 효모가 남아있게 되면 2차 발효가 일어나고, 2차 발효가 일어나면 남아 있는 당분이 모두 알코올로 변해 탄산이 만들어지고, 와인에 탄산이 생겼단 말은 그 와인이 레드 와인이 아니라 우리가 익히 알고 있는 스파클링 와인이라는 것이다. 즉, 제품에 '하자'가 생긴다는 말이다.

그러므로 요는 이렇다. 달콤한 레드 와인은 레드 와인의 생명과도 같은 숙성의 단계를 거세시킴으로써 만든 일종의 돌연변이라는 것. 우리가 익히 알고 있는 와인과 성격이 아주 다를뿐더러 화학 약품을 그렇게 많이 넣게 되면 건강에도 좋지 않다. 그 지독한 숙취와 두통은 또 어떻고. 달콤한 레드 와인에 들어가는 화학 약품도 많이 마시면 딱 그 같은 증세가 나타난다. 게다가 앞서 언급했던, 항암 효과가 좋은 폴리페놀 성분까지 완전히 죽여버리는 탓에 술 아닌 약주로서의 와인의 가치는 사라진다 해도 과언이 아니다. 오, 그렇다면 대학교 때 MT 가서 코펠 그릇에 마셔 버릇했던, 포도맛 써니텐에 깡소주 들이부어 제조하는 폭탄주와 비슷한 수준 아닐까.

그런 의미에서 며칠 전 찾은 대형 마트에서 만난 그 점원은 참 괜찮은 사람이었다. 7900원짜리 달달한 레드 와인을 사가겠다는 연세 지긋한 어르신을 붙잡고 한사코 첨가물이 어쩌고 운운하면서 보다 나은, 아니 정말로 건강에 도움을 주는 와인을 추천하려고 안간힘을 쓰고 있었던 것이다. 하지만 이 아름다운 모습을 보고 그 점원의 순결한 와인 사랑에 마음이 동한 나도 역시나 부조리 속에서 헤어나지 못하는 건 아닐까 하는 생각이 스쳤다. 와인이라 불릴 수 없는 술을 와인이라고 받들며 열심히 마셔대는 사람들을 보고 나는 비애를 느끼지만, 나 역시 늘 와인의 대중화를 기다리고 바라는 사람 중 하나다. 와인이 대중화될 수 있는 가장 중요한 요인은 누가 뭐래도 가격일 것이다. 소주와 맥주가 그렇듯이 말이다. 하지만 유럽과 미국 등지에서 대중적으로 인기 있는 미화 5∼7달러 정도 하는 와인이 우리나라에 수입되면 대개 2만 원이 넘는다. 프랑스 보르도 AOC급의 미화 3달러 정도 하는 와인이 대형 마트에서 1만 원대 초에 팔리기 시작한 것도 얼마 되지 않았다. 그네들이 대중적으로 편하게 마시는 술을 우리가 편하게 느끼지 못한다면, 우리가 편하다고 느끼는 가격대의 술로 대처되어야 할 것이 당연지사. 결국 와인이 우리 일상으로 침투하면서 그 자리를 5000∼1만 원 하는 와인들이 차지한 것이라 해도 과언이 아니다.

대형 할인점에서 판매하는 달콤한 레드 와인은 물론 매장에 깔린 제품 중 10%도 안 될 테지만, 달콤한 레드 와인이 대형 할인점에서 대박을 내고 있는 작금의 현실은 이 같은 '체감 경제의 법칙'에 입각해 너무도 자연스럽게 진행되는 현상이라는 게 내 결론이다. 그것이 와인이라 불릴 수 없는 술이든, 숙취가 강하고 두통을 유발하는 술이든, 프렌치 파라독스를 가능케 하는 성분이 다 제거되었든 무슨 상관일까. 불과 얼마 전까지만 해도 퇴근길에 소주, 맥주 사가지고 와서 TV 보면서 마시던 사회의 보편적 현상이 배우자와 함께 이마트에 장 보러 나간 김에 저렴한 와인 한두 병 사서 집에 재워놓고 마시는 신보편적 현상으로 진화했을 따름인 것이다. 경제적으로 문화적으로 가난했던 새마을 시대의 산물인 소주처럼, 그리고 와인과 비교했을 때 그다지 한국적일 것도 없는 맥주처럼, 그들과 가격 경쟁력에서 크게 뒤지지 않는 만만한 가격의 와인(처럼 보이는 술)이 21세기 들어 '국민 알코올'이 되기 위해 몸부림을 치고 있는 것이다. 이런저런 생각을 하고 앉아 있으니, 그러고 보면 달콤한 레드 와인에 대해 불만 어린 표정으로 이러쿵저러쿵 왈가왈부하는 것이 한편으론 얼마나 의미가 있을까 회의가 들기도 해 머리가 더욱 복잡해진다.

와인과 가장 잘 어울리는 음식은 곱창

자, 일단 한 잔 받아라. 그날은 무척 기분이 좋았어. 그토록 염원하던 방이동 갈비집에 드디어 가게 되었거든. 아니, 지난 30년 동안 간 고깃집 중에 그렇게 비싼 집은 처음이었을 거야. 쇠고기 170g에 4만 8000원이나 하는 집이었으니까. 그 동안 즐겨 가던 고깃집이란 게 쇠고기는 엄두도 못 냈고 대부분 삼겹살집 아니었냐고. 호사를 부려봤자 항정살이나 가브리살 내오는 집이 전부고. 알다시피 그런 데선 200g에 8000원이면 떡을 치잖아.

하지만 그날은 달랐어. 한 선배가 시나리오 공모전에 당선된 거야. 통장을 개설하고 그렇게 큰 액수가 입금된 건 처음이라고 호들갑을 떨더니만, 갑자기 고기 사줄 테니 강 건너 내려오라는 거야. 난 이번에도 삼겹살에 소주 한잔 하겠거니 생각했는데 웬걸, 서울에서 제일 비싼 갈비집에서 와인까지 쏘겠다는 거야. 완전 땡 잡은 거지. 선배 목소리가 어찌나 멋지게 들리던지 뺨에다 뽀뽀를 콱 해주고 싶었다니깐. 근데 그 비싼 음식을 다 얻어먹기도 미안하고 또 그 양반, 재야에서 전전하다 5년 만에 메인스트림으로 입성하게 된 건데 나도 뭔가 성의를 보여야 하지 않겠냐. 그래서 축하하는 의미에서 나도 돈을 보탤 테니 우리 이왕 갈비 뜯는 거 근사한 와인 한 병 사 들고 가자고 떠봤지. 이 양반도 와인 하면 까빡 죽거든. 그래서 일단 압구정동 갤러리아 백화점 지하 와인 숍에서 만나기로 한 거야. 폼 한번 제대로 잡아보자는 거였지. 170g에 4만8000원 하는 고기 언제 또 먹어보겠냐고. 오, 흥분되더라고.

처음에 난 '로버트 몬다비'의 카베르네 소비뇽을 만지작거리고 있었어. 근데 어느 새 지름신께서 왕림하신 거야. 귀에 대고 속삭이시더라고. "허허, 그걸 가지고 지른다고 할 수 있겠느냐! 이왕 쓰는 거 우리 한번 팍팍 써보자꾸나." 그래서 이 참에 '라투르'나 '오브리옹'을 질러볼까 생각도 해봤지. 그랬더니 이러시는 거야. "워워, 지름신으로서 네게 이런 말 해도 될까 모르겠다만…… 너 미쳤냐?" 그래서 깨갱 하고 적당히 10만 원대 초반에서 구해보자고 선배와 합의를 봤지. 야, 그래도 그게 어디냐. 18만 원짜리 와인에 치즈 조각 핥고 앉아 있느니 12만 원짜리 와인에 소갈비 뜯는 게 훨씬 낫잖아.

너도 알겠지만, 내가 요즘 들어 고기하고 와인 마실 때면 주로 타닌과 산도가 강한 와인을 즐기지 않냐. 그래서 자신 있게 '에르미타주'로 골랐지. 그것도 'E. 기갈' 걸로 말이야. 아니 근데 이 선배가 양념갈비에 무슨 론 지방 와인을 고르냐고 하면서 미디엄 바디의 부르고뉴 와인으로 가야 되지 않겠냐는 거야. 어차피 금액은 10만 원대 초반으로 정해놓았고 살 수 있는 와인은 한 병뿐이어서 둘이 와인 한 병을 두고 치열한 공방전을 벌이게 된 셈이지. 야, 근데 여기가 웃긴 대목이야. 나는 내가 요즘 즐겨 마시는 페이스대로 사심 없이 에르미타주를 마시자고 말했을 뿐인데 선배는 내가 무슨 큰 실수라도 한 것처럼 막 나무라는 거야. 와인 지식이 그것밖에 안 되느냐, 동호회 활동 한다더니 그 동안 뭐 배웠냐, 계속 비아냥거리는 거야. 그래도 뭐 일단 선배는 선배고 기분 좋은 상태에서 축하하러 만난 거니까 내가 고개 숙였지. 그래서 부르고뉴로 마셨어. '주브레 샹베르탱'이었지. 결과는 아주 훌륭했어. 자극적이지 않은 양념에 부드러운 육질을 갖춘 갈비와 함께 마시니까, 뭐 완전 기가 막히더라고. 아주 끝내주는 저녁이었어. 나 그거 인정해.

그런데 집에 돌아온 뒤 생각해보니까 이게 점점 불쾌해지는 거야. 물론 선배 얘기가 맞긴 맞아. 양념을 많이 사용한 고기요리엔 미디엄 바디에 타닌이 적은 레드 와인이 딱이라는 거. 에르미타주 같은 론 와인은 풀 바디에 타닌도 강해 양념한 고기보다 로스구이가 어울린다는 게 여느 와인 책에 나와 있는 얘기잖아. 나도 안다고. 근데 나는 양념고기에도 그 진한 와인 특유의 입 안을 꽉꽉 조여주는 그 느낌이 좋은 걸 어떡하냐. 꼭 그렇게 남들이 시키는 대로 마실 필요는 없는 거잖아. 언제부터 우리가 모범생이었다고 교과서에 나온 그대로 따라 하냐. 실험 정신이란 게 있잖아, 실험 정신. 게다가 그 선배 반응이 정말이지, 아아, 미치겠네. 내가 에르미타주 좀 골랐다고 해서 꼭 '아니 어떻게 그런 와인을……'이라는 표정을 지어가며 사람 무시해도 되는 거냐고. 야, 나는 말이지, 와인 좀 많이 안다고 거들먹거리는 인간들 엄청 싫어해. 뿐만 아니라 닥치는 대로 외워서 책에 나온 내용 그대로 따라 하는 거 재미없다 이거야.

사실이 그렇잖아. 식사할 때면 상큼한 화이트 와인을 먼저 마시고 중후한 레드 와인은 뒤에 마셔라, 쇠고기 안심에는 카베르네 소비뇽이,

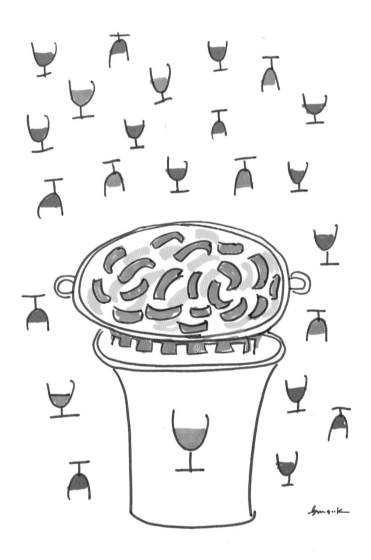

샐러드나 생선요리에는 소비뇽 블랑이나 샤르도네가 잘 어울린다, 근데 같은 생선이라도 붉은 살 생선인 연어요리에는 레드 와인인 피노 누아가 제격이다, 양념을 많이 한 요리에는 시라가 잘 어울린다……. 다 옳으신 말씀이긴 한데 이런 얘기들 다 너무 공허하지 않아? 나한텐 내 입맛이라는 게 있는데 말이야. 잠깐, 근데 우리 왜 소주 마시면서 와인 얘길 이렇게 하는 거냐. 아줌마, 여기 소주 한 병 추가요. 내가 어디까지 했지? 아 그래. 대한민국엔 4800만 개나 되는 입맛이 있잖아. 근데 어째서 시라는 되고 카베르네 소비뇽은 안 된다는 거냐고. 카베르네 소비뇽에도 매콤한 맛이 나는 와인이 있고, 해산물에도 잘 어울리는 레드 와인이 얼마나 많은데. 최근엔 퓨전 요리가 워낙 많아져서 정답이란 게 없어요. 잡지 같은 데서 말하는 TPO별 와인과 음식 매치업 따위의 기사들도 틀린 게 허다하다 이 말씀이야. 게다가 너 그거 아냐? 우리나라 와인 책들, 오래전에 나온 외국 서적 번역한 게 수두룩해요. 난 그거 코쟁이들 입맛에 맞춘 내용이라고 생각해. 우린 한국사람이잖아. 우리 입맛에 맞는 와인 골라서 우리가 즐겨 먹는 음식에 곁들이면 그만 아니겠냐고. 네 입맛에 기름기 많은 미트볼 스파게티에 레드 말고 화이트 와인이 어울린다면 그렇게 먹으면 되는 거라고. 야, 내가 만날 너 보면 하는 얘기 있지? 코쟁이들한테 와인은 국이요 찌개지만 우리한테 와인은 술이라는 거. 네가 마른 오징어에 맥주를 마시든 소주를 마시든 난 상관 안 한다고요. 그리고 아무리 와인이 좋아도 그렇지, 솔직히 한국사람한테 어떻게 와인이 국이 되겠냐. 미역국도 있고 된장국도 있고 콩나물국도 있고 북엇국도 있는데. 입맛의 태생 자체가 다른 거지.

　야, 차라리 어떤 와인이 어떤 음식과 조화를 이루는지 고민하기보다는 우리가 일상에서 자주 즐기는 음식과 어울리는 와인을 찾는 노력을 하는 게 훨씬 발전적이란 생각 안 드냐? 난 『신의 물방울』 만화책을 보면서 그걸 느꼈다. 그 뭣이냐, '굴에는 샤블리'라고 하는 대목 있잖아. 거기 나오는 음식들 기억나냐? 성게 무스가 어쩌고, 버터와 생크림에 뭐 숨은 맛으로 바닷가재의 껍데기를 썼다는 둥, 또 흰살 생선에 자몽 소스가 어쩌고……. 재미있긴 한데, 사실 우리한텐 너무 생뚱맞은 얘기 같아. 우리가 살면서 그런 음식을 몇 번이나 먹어 보겠냐고. 기껏해야 횟집이나 생선구이집 가서 먹는 게 다잖아. 대한민국에서 와인 마시는 사람으로서 중요한 건 그게 아닌 거야. 우리 입맛에, 우리 스타일대로, 우리가 즐겨 먹는 음식에 잘 맞는 와인을 찾아야 하지 않겠나 이거야. 그저 이 음식 저 음식 맞춰 보면 돼. 너나 나나 아주 아량 있는 혀를 갖추고 있잖냐.

야, 난 그런 의미에서 여기 있는 이 곱창이 와인과 제일 잘 어울리는 안주라고 본다. 속에 곱이 꽉 차 있는 두툼한 곱창에 칠레산 카르메네르 같은 거 쭉 들이켜면 정말이지 죽여준다고. 스테이크 그거 하나도 안 부럽다. 이 곱창은 말이지, 겉이 너무 많이 타면 안 돼요. 겉이 타면 쫄깃쫄깃한 육질이 빡빡해져. 소주와 먹을 때야 상관없지만 와인과는 조화를 이루지 못하는 거야. 너무 태우지 말고 노릇노릇 구워야 돼요. 한 점 썹었을 때 입 안에서 곱이 물컥 터지면 바로 그때 와인 한 모금 머금어주는 거지. 곱창의 고소한 맛에 와

인의 산미가 더해지면 내 혀는 거짓말 안하고 진짜 무력해진다니깐. 야, 이 대목에서 한잔 해. 내가 오늘 와인을 왜 안 들고 왔지. 이 집은 와인 가져와서 마셔도 뭐라 안 그러더라. 코르크 차지도 안 받는다고. 완전 나이스 아니냐? 사실 뭐 이렇게 허름한 집에서 코르크 차지 몇 만 원 받으면 안 되지. 소주 안 팔아주는 대신 내가 다른 손님들보다 곱창 두 배는 시키잖냐. 아무쪼록 원샷이다, 알지?

암튼, 그저 이 음식과 저 와인, 저 음식에 이 와인, 맞춰보는 거야. 야, 내가 아까 횟집 얘기했지? 횟집만 해도 그래. 너 연안부두 횟집에서 와인 파는 거 봤냐? 없단 말이야. 우리가 직접 잔이랑 챙겨 들고 가야 된다고. 게다가 거기서 파는 음식이란 게 서양요리처럼 소스 따지고 이런 게 아니잖아. 그냥 회에 와인 마실 때는 초고추장만 피하면 돼. 그러면 어지간한 드라이 화이트는 다 어울려. 화이트 와인 싫다면 '무통 카데'나 '타벨 로제' 같은 거 들고 가면 되잖아. 너 그때 기억 안 나냐? 1년 전인가 우리 와인 마시다가 필 꽂혀서 소비뇽 블랑 한 병, 로제 한 병 사 가지고 택시 타고 노량진까지 갔잖아. 거기서 잡어회 2만 원어치, 굴 2만 원어치 사서 시장 뒤편 2층 방에 올라가서 실컷 먹었잖아. 와인과 음식은 그런 식으로 접목시키는 거 아니겠냐? 마리아주가 뭐 별 거냐, 꺼억.

뭐 또 없나? 그래, 바게트. 빵집에서 한 2천 원 주면 살 수 있는 바게트 빵이야 말로 집에서 TV 보면서 와인 마실 때 곁들이는 최고의 안주라고. 거창하게 치즈 같은 거 준비할 필요 없어. 겉이 딱딱하지 않으면서 속살은 야들야들해 입 안에서 살살 녹는 그런 바게트랑 와인이랑 같이 먹으면 얼마나 맛있다고. 너 혹시 유부초밥이랑 와인이랑 먹어봤냐? 내가 매달 한 번씩 동호회 정모 하는 와인 바 있잖아? 거기 사모님께서 시음회

할 때마다 늘 몇 가지 고기 안주와 함께 유부초밥을 내오시는데, 야, 그게 와인하고 마시면 정말 제대로다, 제대로. 특히 적당히 달달하면서도 힘 좋은 카베르네 소비뇽 하고 먹으면, 캬. 이거 또 와인 당기네 이거.

야, 근데 난 또 이런 생각도 들더라. 와인은 요리를 맛있게 하고 요리는 와인을 맛있게 하잖냐. 근데 그것도 다 사람 나름 같아. 파스타에 어떤 와인을 마실까 고민하느라 시간 허비하는 것보다 그냥 파스타만 먹으면서 파스타의 맛 본연을 즐기는 게 더 좋지 않겠냐는 생각도 든다는 거지. 와인은 와인대로 따로 마시고. 코쟁이들이야 와인이 없는 식사는 온전한 식사가 아니라고 하지만 우린 국 없이도 밥 먹잖아. 아님 말고. 야, 아직도 다 안 비웠냐. 빨리 마셔라. 2차 가자, 2차.

제3부

wine and the city

와인홀릭으로 가는 길

초특급 와인도 좋고, 추억이 어린 애틋한 와인도 좋고, 역사적인

순간에 마신 와인도 좋고 다 좋은데, 와인의 가치는 브랜드나 품질

에 있는 게 아니라는 생각이 든다. 내 생각에 와인은 귀로 마시는

술이라는 거다. 와인 자체보다 와인을 앞에 두고 나누는 대화가 훨

씬 값어치 있다. 아무리 '페트뤼스'를 '르 팽'을 마실 기회가 있다

해도, 그 술을 함께 나누는 사람이 있기에 아름다워지는 거다.

저도 와인으로 돈 벌고 싶어요

와인의 매력에 빠지면 누구나 와인과 관련된 일을 해보고 싶다는 충동에 사로잡힌다. 이름 하여 '나도 와인 일 할래 증후군'이다. 소믈리에가 되려는 많은 젊은이들이 수백만 원씩 하는 와인스쿨에 주저 없이 등록하는 것도 그렇고, 전문 바나 수입상이 무수히 새로 생기는 것도 다 그 같은 욕구를 반증한다고 할 수 있다(이렇게 어쭙잖은 와인 책을 내기도 한다). 재미난 건 와인업계에는 부를 향한 열망에서 시작한다기보다 고되고 힘들어도 나의 길을 가려는 순수한 와인 애호가가 많다는 점이다. 이들에게선 와인으로 한몫 단단히 챙겨보겠다는 천박한 자본주의자의 모습을 찾아볼 수 없다. 이 땅의 와인산업 성장에 기여하고 와인 문화의 저변을 넓히는 역사적 책무에 작게나마 이바지하겠다는 사명감으로, 번듯한 직장 때려치우고 이 업계로 뛰어든 경우가 상당수다. 그야말로 와인이 좋아 제2의 인생을 시작하기로 작정한 사람들이다. 와인의 매력에 눈뜨지 못한 중생들을 위해 살신성인의 자세로 포교 사업에 뛰어든 것이다.

　나 역시 비슷한 충동에 사로잡혀 있다. 와인에 관한 글을 끼적거려보겠다고 작심한 것도 그 충동을 외면할 수 없어 일단 저지르고 본 일이다(물론 글쓴이는 와인으로 한몫 잡겠다는 심정으로 책을 쓴 것이므로 앞서 언급한 분들과 거리가 있긴 하다, 쿨럭). 하지만 글쓰기는 왠지 '와인 일'이 아닌 것 같았다. 사람들한테 직접 와인을 팔아야 속이 시원할 것 같았다. 그리하여, 글쓴이의 '와인으로 돈 버는 사업 아이템 찾아내기'라는 허무맹랑한 고행이 시작되었다. 이왕 와인으로 큰돈 벌어보자고 다짐한 바, 남들 안 하는 비즈니스로 와인업계에 획을 긋겠다는 일념 아래 온갖 억측과 망상을 동원해 사업 아이템을 구상하기에 이르렀다. 쉽지 않은 작업이 될 게 분명했다. 한국무역협회에 등록된 공식 와인 수입상만 100여 개, 비공식으로 370여 개로 추정될 만큼 와인을 들여와 파는 업자들이 많아졌고, 와인 바는 오픈 후 1년을 버티기가 어려울 만큼 위험 부담이 높은 업종으로 취급받고 있다. 뭔가 새로운 시도가 아니면 쉽사리 버티기 어려운 요즘, 글쓴이는 큰일을 벌이려 바둥거리고 있었던 것이다.

　어려운 구상이었다. 하지만 어떤 고난도 나의 와인 비즈니스를 향한 의지를 막지 못했다. 전전긍긍 끝에 '유레카!'를 외치며 제법 될성부른 사업 아이템을 생각해내고야 만 것이다. 그것도 자그마치 세 개씩이나. 그 전모를 이번 기회에 공개해볼까 한다.

　아무리 생각하고 아무리 곱씹어봐도 세상을 깜짝 놀라게 할 비장의 아이디어다. 만약 글쓴이가 이 비즈니스를 벌인다면 방송 3사는 물론이고 각종 지면에 '창업의 달인' 내지는 '주목! 바로 이 사람' 등의 타이틀

로 어서 출연해달라고 모셔갈 터이다. 내가 이 아이템들로 성공하여 잡지판을 떠나더라도 잡지판이여 나를 붙잡지 말 것이며, 내가 와인업계의 빌 게이츠가 되더라도 와인업계여 시기하지 말지어다. 근데 여기서 잠깐. 그렇다면 성공할 것이 불 보듯 뻔한 아이템을 왜 직접 하지 않고 만인 앞에 발설하느냐, 이러한 추궁이 뒤따를 것이라는 사실을 글쓴이는 이미 헤아리고 있다. 실제로도 그런 질문을 굉장히 많이 받았다. 그때마다 이렇게 답할 수밖에 없었다. "사실 사업이란 게 막상 시작하기가 쉽지 않아요. 돈도 없고." 돈도 없고오고오고오……. 솔직히 말하면 결국 문제는 돈이었다. 경제 제일주의 대한민국 사회에서 이 한마디보다 더 설득력 있는 핑계가 어디 있을까. 기자 월급 뻔한 데다 자본이 있어야 사업자등록증이라도 만들 수 있다는 것이 자본주의 사회의 기본 원리이거늘. 동시에 가난한 몽상가의 꿈이란 대체로 실현되기 어렵다는 것이 자본주의의 고증된 속성 아니더냐. 어차피 직접 못할 바에야 세상에 공개해 따뜻한 위로라도 한마디 얻자는 속셈으로 발설하는 거라 믿어주시면 고맙겠다.

아무튼 처음 생각해낸 아이템은 일명 '고깃집 와인 배송 서비스'다. 쉽게 말해, 고기를 구워 드시는 손님 중 와인이 당기는 분들을 위해 고깃집으로 직접 와인을 배달해주는 사업이다. 보통 삼겹살에는 소주, 갈빗살에는 산사춘, 오리고기에는 복분자주라고 하지만 고기에는 와인 역시 기막힌 궁합이 아닐 수 없다. 스테이크나 로스구이에는 드라이하면서 섬세한 레드 와인이, 또 양념이 많이 가미된 불고기나 갈비찜에는 타닌이 강하면서 풀 바디한 와인이 딱이라는 사실, 와인을 마시는 사람들이라면 이제 대부분 숙지하고 있는 내용이다. 한식을 즐기면서도 와인과 고기의 '마리아주'를 만끽하려는 사람이 많아지다 보니 고깃집에도 와인 리스트를 갖추는 예가 늘었다. 하지만 고깃집에서 와인을 주문할 때마다 매번 느끼는 불만은 와인 리스트가 빈약하여 도무지 마실 만한 것이 없다는 것. 그나마 괜찮다 싶은 와인에는 터무니없는 가격을 붙여놓기 일쑤였다.

거기가 바로 틈새시장이었다. 고깃집과 계약을 맺고 고기에 잘 어울리는 중저가 와인을 집중 배달 판매하는 시스템! 가격은 소매가 3만~6만 원대로 한정하고, 장소는 고깃집이 몰려 있는 신촌, 홍대 앞, 강남역, 압구정 등에서 시작하면 적당하리라. 구체적인 수익모델을 살펴볼 시간. 하나, 고깃집 거래처마다 와인 리스트를 비치해둔다. 둘, 손님이 특정 와인을 찾으면 고깃집에서 가까운 영업소로 주문한다. 셋, 주문을 받은 즉시 퀵서비스보다 빨리 오토바이로 와인을 배달해준다. 넷, 코르크 마개를 따주고 직접 서브까지 마치고 영업소로 돌아온다. 와인을 마실 줄 아는 사람들이라면 제법 혹할 것 같지 않은가. 고깃집 와인 배송 서비스가 효과적일 수밖에 없는 이유도 답이 바로 나온다. 특정 부위에 잘 어울리는 와인들로만 구성된 알찬 와인 리스트, 일반 고깃집에서는 기대하기 어려운 와인에 대한 전문지식, 수입상에서 대량 구매함으로써 얻을 수 있는 저렴한 공급가. 이 정도면 와인업계에 센세이션을 불러일으키기에 충분한 틈새시장이 아닐까.

두 번째 아이템은 와인을 꼭 레스토랑이나 바에서 마셔야 하느냐는 질문에서 착안했다. 길을 걷다 출출해지면 포장마차에 들러 떡볶이나 '오뎅'을 사 먹는 것처럼, 퇴근길 포장마차에서 와인 한잔 하는 것은 어떨까. 오뎅 국물 호호 불어서 마시듯이 코를 킁킁거리며 와인 한 잔 마실 수 있단 얘기. 소형 트럭을 개조해 바처럼 꾸며놓고 유동인구 많은 골목에 차를 대놓고 와인을 판다. 주인은 흰 셔츠에 나비넥타이를 갖춰 입어 리어카에서 분식을 파는 아주머니와 미니트럭에서 센베이 과자를 굽는 아저씨와는 차원이 다르다는 점을 강조한다. 글라스는 미적 수준이 리델이나 슈피겔라우에 필적하면서도 잘 깨지지 않는 쇼트 츠비젤이면 되겠다. 무엇보다 고깃집 와인 배송 서비스에 비해 투자비용이 적다는 점에서 만족스럽다. 메뉴를 다양하게 할 수 있다는 점은 제법 호소력 있는 셀링 포인트다. 가벼운 하우스 와인을 잔술로 파는 건 기본이고 일명 '와인 온 더락스'를 시도해도 좋다. '와인에 얼음이라니 웬 무식?' 하면서 얼굴을 찌푸릴 사람도 있을 것이다. 하지만 더운 여름날, 가볍고 스위트한 레드 와인 온더락스는 의외로 환상적인 맛이다. 젊은 여성들이 좋아하는 와인 칵테일 '상그리아'나 와인을 따뜻하게 끓여 마시는 '글뤼바인'도 비장의 카드겠다. 한겨울의 '메밀무욱! 찹쌀떠억!'도 낭만적이지만 '와인 드세요오오!'라고 상냥하게 외치는 것도 꽤 분위기 있는 호객행위일 것 같다.

나머지 하나는 '키핑 전문 와인 바'이다. 와인 바에 갈 때마다 생각이 났던 것 하나. 와인 바 한 곳을 지정하여 마시고 싶은 와인을 키핑해두고 내킬 때마다 들러 마시면 참 멋지겠다는 것. 양주를 파는 바에서 이미 시도하고 있는 키핑 제도를 와인 바에 접목하는 것이다! 사업 진행은 심플하다. 와인 바를 오픈해 멤버십으로 운영한다. 대형 룸 셀러를 마련해 회원 개개인에게 일정한 공간을 제공한다. 회비를 많이 내면 낼수록 공간은 넓어진다. 단골손님이 늘면 자연스레 와인 바는 일종의 커뮤니티가 되고 와인 문화의 허브 공간으로 격상될 것이다. 룸 셀러 대신 건물

지하에 카브를 만들어 와인을 보관하는 것이 훨씬 멋지겠다. 단, 돈은 많이 들겠지만.

써놓고 보니 위험을 무릅쓰더라도 직접 해볼걸 그랬다는 생각이 또 한 차례 쓰나미처럼 몰려든다. 으, 이러기도 벌써 오만 번이다. 하지만 일을 벌이겠노라고 굳은 의지를 보일 때마다 말리는 사람들이 있었다. 혼자 감당하기는 그렇고 동업자를 찾으려고 '와인 동지'들에게 조심스레 의향을 물었다. 대다수의 반응이 "푸훗!" 내지는 "허허!"였다. 허무맹랑한 만화적 상상에 불과한 것 아니냐는 무언의 의사표시. 모두들 상식적으로 말이 되느냐고 했지만 어차피 상식이 통하지 않는 사회 아니던가. 그래서 글쓴이는 사업성이란 건 부산 앞바다의 오륙도와 같아서 보는 각도에 따라 그 모습이 다른 거라고 항변했다. 댁들 코웃음의 배후에는 와인을 즐길 거리, 소일거리, 마실 거리로 여기는 것이 아니라 와인을 받들어 모실 거리, 생각할 거리, 예의를 갖춰야 할 거리로 여기는 계급주의적 경직성이 자리 잡고 있는 것 아니냐고 목청도 높여봤다. 실랑이가 이어지다가도 이 말 한마디에 나는 순순히 두 손 들었다. "우리 이러지 말고 와인이나 마시러 가자. 내가 살게." 내가 살게에게에게······. 역시 나는 돈에 약하다. 그저 속물일 뿐이다. 이 땅의 와인산업의 확장에 기여하고 와인문화의 대중화에 제대로 한몫을 하고자 했건만 그것은 정녕 이루지 못할 꿈이런가?

아무튼 이러하여 소심한 필자는, 이 '대박' 아이템을 묵히고 있는 중이다. 혹시나 이 변변치 않은 상상력에서 영감을 얻은 분이 후일 떼돈을 버신다면 부디 잊지 마시고, 커미션 일부라도 지급해주셨으면 한다는 말씀 올리면서 시답잖은 지껄임에 종지부를 찍을까 한다.

이거 몇 점 받은 와인이에요?

점수가 만사를 지배한다. 한 개 틀린 아이는 칭찬받고, 세 개 틀린 아이는 주목도 못 받는다. 고쳐 말해, 96점이면 인정, 88점이면 무시란 소리. 그러니 세 개 틀려서 88점 받은 아이는 엄마에게 한 개 틀렸다고 말하고, 그 엄마는 다른 엄마들 앞에서 아들이 100점 맞았다고 허세를 부린다. 고득점이 최고 가치다. 대학생활 4년 간 평균 학점 3.02라는 점수에 나름 만족하면서 살아왔던 나도, 4.3만점에 평균 B도 안 되지 않느냐는 비난을 듣게 되면 우리 학교는 4.0만점이었노라고 거듭 강조한다.

난데없이 아픈 과거까지 들추며 글을 시작하게 된 건, 그만큼 우리가 점수에 민감하다는 얘기를 하고 싶어서이다. 사람들은 세상 모든 것을 점수화하며 편하게 살아가려고 한다. 점수에 대한 강박관념은 와인에도 고스란히 적용된다. 이것은 거의 집착이라 부를 만하다. 『와인 스펙테이터』에서 몇 점을 받은 와인이네, 최근 『디캔터』에서 이렇게 높은 점수를 준 와인은 없었네 하면서 자신의 느낌보다 유명 매체에서 매긴 점수로 와인을 평가한다. 가령 95점을 받은 카스텔로 반피의 '브루넬로 디 몬탈치노'의 경우, 그 푸근한 우유 향내와 벨벳처럼 부드러운 질감을 언급하기보다 95점짜리 와인이라는 점을 마케팅의 헤드 카피로 내세우는 것이다. 반대로 아무리 맛 좋고 입에 착 달라붙는 와인이 있다고 해도 점수가 80점대 초반에 그친다면 덤핑 처리를 면치 못한다. 사람들은 괜찮은 와인이냐고 묻는 대신 이렇게 질문한다. 이거 몇 점 받은 거예요?

이 점수에 목매는 것은 우리에게 국한된 현상은 아니다. 밥 먹듯이 와인을 퍼 마시는 코쟁이 아저씨들이 되레 민감하다. 어떤 와인이 『와인 스펙테이터』에서 고득점을 받기라도 하면 다음날 가격은 바로 갑절이 되고, 예약 주문이 쇄도하고, 물량은 금세 동이 난다. 심지어 그들은 세상에 존재하는 모든 와인에 점수를 매기고 싶어한다. 간혹 리뷰 대상이 되기를 거부하거나 점수 결과에 대해 딴죽 거는 경우가 생기긴 해도, 대체적으로 점수제 자체에 이의를 다는 분위기는 아니다. '와인은 점수순이 아니잖아요' 하며 반동을 꾀하는 와이너리도 별로 볼 수 없다.

사실 점수제는 세상에서 가장 일반적인 평가 방식이다. 그만큼 역사도 길다. 1894년 처음 발간한 음악 전문지 『빌보드』와 1900년 창간한 프랑스 음식 전문지 『기드미슐랭』은 일찌감치 별점 평가제를 도입했다. 미국에서 영화 별점 평가제를 처음 시작한 해도 1950년대 후반이다. 그렇다면 와인에 점수제를 처음 도입한 사람은 누굴까. 그 유명한 로버트 파커다. 그는 1978년 『와인 애드버케이트』 첫 호를 발행하면서 업계에서 처음으로 와인 맛을 평가하는 100점 만점의 점수제도를 만들었다. 와인 점수제가 대박을 터뜨린 건 프랑스 보르도 와인 1982년산 리뷰였다 (1982년은 보르도 최고의 빈티지 중 하나다). 당시 대부분의 와인 비평가들은 이 빈티지가 산도가 낮고 수명이 짧은 것으로 평가 절하했지만, 파커만큼은 55개 보르도 그랑크뤼 와인 대부분에 90점 이상의 높은 점수를 주면서 1982년산 보르도의 우수성을 세밀하게 묘사했다. 이 전설적인 사건 이후 그는 최고의 와인 비평가로 군림했다. 그가 평가한 점수에 따라 곧바로 와인 가격이 오르고 내릴 정도로 업계에서 막강한 영향력을 행사하게 됐다, 이거다. 로버트 파커와 함께 와인 채점쟁이로 유명한 건 『와인 스펙테이터』이다. 와인 매체로는 세계에서 가장 많이 팔리는 이 잡지는 매달 수백 병의 와인에 대한 디테일한 리뷰가 100점 만점인 점수와 함께 실린다. 여러 전문가가 지역별로 분담해 좀더 다양한 시각을 보여주는 것이 특징이다.

　내 생각은 반반이다. 모 아니면 도, 스리 고 아니면 독박의 가치관을 지닌 사람들 눈에는 이게 뭐냐 싶겠지만, 이 어중간한 가치 판단의 배후에는 약간 약삭빠른 성향이 자리하고 있다. 일종의 박쥐 전략으로 뺄 건 빼고 경계할 건 경계하자는 생활의 진리. 암튼, 점수제를 인정하는 가장 큰 이유는 리뷰어들의 오래된 연륜이다. 내가 『와인 스펙테이터』의 신봉자도 아니고 이 잡지 편집자들의 입맛을 전적으로 신뢰하는 것도 아니지만, 그럼에도 『와인 스펙테이터』를 믿고 의지하여 간간이 사보는 이유는 그들의 경험 때문이다. 백문이 불여일견이요, 백견이 불여일음이라 했거늘, 나보다 와인을 많이 마셔본 사람들의 인도하심을 굳이 거절할 이유가 없다. 10년이 넘도록 밥 먹고 와인만 마시는 사람들이 작성한 평가라면 아무래도 옆집 개똥이의 시음 노트보다는 낫겠다는 것이다.

　또 와인 전문가들의 선천적 또는 후천적인 그 놀라운 테이스팅 능력은 무시할 수 없는 것이다. 파커 형님만 봐도 이미 일반인으로선 범접할 수 없는 수준이다. 그는 다른 사람이 도저히 따라올 수 없을 만큼 빨리, 많이, 그리고 정확하게 시음하는 것으로 유명하다. 1년에 무려 1만여 종류의 와인을 시음한다고 하니 계산해보면 곧 하루 평균 28가지의 와인을 마시는 셈. 그렇게 많이 시음할 경우 보통은 코와 혀가 점차 마비되어 냄새나 맛을 정확히 느끼지 못하게 되는데 파커 형님은 믿을 수 없을 만큼 발달된 미각과 후각으로 한 번에 수십 가지 와인을 테이스팅한다.

그렇기는 하지만 그럴수록 유명 매체들의 점수에 현혹되어선 안 된다. 경험과 능력에서 나온 놀라운 테이스팅 노트나 감각적인 글은 자칫 우리 눈에 콩깍지를 씌울 여지가 많다. 전문가들도 결국 자신들만의 입맛과 취향이 있는 것이고 그 입맛과 취향에 따라 점수를 매긴다. 아무리 객관적으로 평가한다고 해도 자기도 모르는 새, 자기가 좋아하는 와인에 점수를 주게 된다는 것이다. 그에 대한 사례는 역시 우리 와인업계의 미각 대마왕 파커 형님이다. 파커 형님은 카베르네 소비뇽을 주축으로 만든 전형적인 보르도 와인을 좋아한다. 강한 참나무 향과 묵직한 바디감은 그에게 있어 와인이 갖춰야 할 최상의 미덕이다. 남부 프랑스, 이탈리아, 스페인, 호주 등의 잘 알려지지 않은 짙은맛의 와인을 발굴해낼 수 있었던 것도 진한 시골 국물마냥 짙은맛의 와인에 대한 그의 취향이 있었기에 가능했던 일이다. 하지만 우아함과 섬세함, 가벼운 듯한 맑은 바디를 가진 부르고뉴 와인은 그가 제대로 평가하기엔 버거운 존재였다. 부르고뉴 와인을 자신의 취향대로 평가하다 보니 때로는 부르고뉴 와인의 정체성을 외면하는 터무니없는 평가가 나왔다. 유서 깊은 '페블리' 와인에 대해 혹평을 한 이후 부르고뉴 와인 생산자 협회는 그를 축출해버렸다. 그래서 파커 형님은 더 이상 부르고뉴 와인을 평가할 수 없다.

입맛의 주관성만큼 와인 점수제에 의문을 달게 만드는 요소는 공정성이다. 와인 전문가들이 아무리 고상한 척해도 모두 수익에 공헌해야 하는 일꾼들이라는 사실엔 변함이 없다. 자선사업가가 아닌 만큼 시음을 하고 점수를 매기는 행위 하나하나가 돈과 얽혀 있을 수밖에 없다. 즉 그만큼 유혹의 손길에 노출되어 있는 것이다. 『와인 스펙테이터』는 방대한 테이스팅 작업이나 깊이 있는 분석 기사에도 불구하고, 광고 의존도가 높아 종종 공정성에 의문이 제기된다. 지금까지 실린 글에 특정 와인과 특정 연도에 대한 점수 인플레이션 경향이 있었다는 비판도 있다. 아주 근거 없는 말은 아니다. 공정성 여부에 있어서 여타 와인 잡지에 비해 훨씬 신뢰도가 높은 건 역시 로버트 파커다(오, 파커 형님이시여! 정녕 당신 없이 와인 세계는 돌아갈 수 없단 말입니까?). 그 정도 영향력이면 와이너리들의 청탁을 받거나 입장을 대변해줄 법도 하건만, 언제나 소비자의 입장에서 비평하는 것은 물론이요, 그의 『와인 애드버케이트』는 광고주의 입김을 배제하기 위해 지금까지 일체의 광고 없이 운영하고 있다.

이쯤 되면 점수제라는 것이 어떤 것인지 대략 감이 잡혔을 것이다. 점수제는 와인을 구매할 때 좋은 안내자 역할을 한다. 마셔보지 않은 와인에 대해 가장 손쉽게 정보를 얻게 한다는 차원에서 최상의 도우미인 것만은 분명하다. 하지만 전문가의 식견은 어디까지나 참고자료로서 가치가 있는 것이지, 그 자체가 바이블이 되어선 안 된다. 밑줄 치도록 하자. 와인을 규정짓고 정의 내리는 잣대는 결코 점수가 아니라는 것. 와인의 깊이란 숫자 몇 개로 대변하기엔 너무도 깊다는 것. 하지만 그럼에도 난 자꾸만 점수에 눈길이 간다. 루~저!

그렇다면 와인의 맛에 대해 생각해보자. 결국 문제는 입맛으로 귀결

된다. 파커나 『와인 스펙테이터』가 물론 상당한 연륜이 있고 선천적으로 후각과 미각이 무척 발달한 '내추럴 본 테이스터'들이라는 건 인정한다. 하지만 나 역시도 지금까지 와인을 마시면서 같은 와인도 그 맛이 다르게 느껴졌던 적이 한두 번이 아니라는 것을 생각하면, 과연 내가 그들의 입맛을 따라갈 것인가 의문이 든다. 나 이래 보여도 줏대가 있는 놈이라고.

내 입맛은 그들과 다를 수 있다. 하지만 입맛처럼 제멋대로인 것이 또 어디 있겠는가. 점수는 그저 소비자에게 믿을 만한 와인 정보를 주는 구매 가이드 역할만 하면 그것으로 족하다. 권위는 그들에게 걸맞은 옷이 아니다. 권위를 원한다면 차라리 한 명이 매기는 점수보다 여러 명이 발로 뛰어 수집한 통계가 낫다. 아직은 세상에 존재하지 않지만, 이를테면 나라별 와인 판매 통계를 내는 것이 훨씬 의미 있는 일일 것이다. 통계 없는 나라 대한민국에서는 얼마나 실현 가능할지 모르겠지만, 합리적인 거 좋아하는 코쟁이 아저씨들은 언젠가 와인 판매 결과를 중앙 시스템화해 와인업계의 빌보드 매거진을 창간하게 되는지도 모를 일이다.

수많은 와인 중에서 괜찮은 와인을 고르기는 쉽지 않은 일이다. 그렇기에 파커나 『와인 스펙테이터』의 평가를 참고하게 된다. 하지만 지나치게 의존할 필요는 없다. 어느 정도 와인에 대한 개념이 생기고 맛을 즐길 줄 알게 되면 자기의 입맛이 누구의 평가보다 정확하다는 걸 깨우치게 된다. 물론 와인 초보자들에게는 파커 형님을 받들어 모시고 『와인 스펙테이터』를 성문종합영어처럼 끼고 다니는 것이 와인에 대한 지식을 넓히고 맛을 즐기는 데 도움이 될지도 모르겠지만. 어찌 됐든 굳이 점수에 민감하게 반응해 와인을 쫓을 필요까지는 없다는 것이다. 문제는 당신의 입맛이다. 남의 입맛은 그저 참조만 하면 된다.

이럴 때 난 와인이 싫다

아아, 와인이 너무 좋아 글을 쓰는 것인데 막상 와인이 싫어졌던 순간을 끄집어내려고 하니 괴로워진다. 그렇지만 그토록 사랑해마지 않는 와인이 싫어질 수밖에 없는 이유를 나는 외면하기 어렵다. 와인의 약점을 알고 있으면 오히려 와인의 풍류를 즐기는 데 큰 도움이 되지 않을까 하는 마음에서다. 왜냐하면 이것은 와인을 많이 마시면 다음날 머리가 빠개질 듯 아파서 와인이 싫다거나, 우리나라에선 와인이 너무 비싸 와인 엥겔지수가 터무니없다는 유의 썰렁한 조크가 아니기 때문이다. 와인이 문득 싫어질 수밖에 없는 상황을 피해가지 못하는 와인 그 자체의 본질에 관한 얘기다(뭔 소리여?).

나는 와인이 오로지 작업용 술이라고 오해받는 순간 와인이 싫어진다. 그렇지 않노라고 마땅히 항의할 만한 구실을 찾지 못해서이다. 와인이 여자랑 마시기 좋은 술이라고 한다면, 그것은 순전히 알코올 때문이라고 믿는다. 웬만한 와인 한 병의 알코올 함유량은 맥주의 1.3배 내외.

목 뒤로 술술 잘 넘어가는 것에 비하면 제법 도수가 높은 술인 셈이다. 순하다고 생각해서 만만히 보았다가는 자제력 상실은 물론이거니와 언어 장애, 구토, 기억력 저하, 양다리 풀림 같은 지극히 일반적인 알코올 효과가 나타난다. 그래서 특히 첫 번째 효과에 주목하는 사람들에게 와인은 유용한 모양이다. 이것은 와인에 문외한이던 남자들을 뒤늦게 와인의 세계로 들어서게 하는 주된 이유가 되기도 한다. 이런 분들은 대개 와인을 여자를 혼절시키려는 수단으로 여기는 듯하다.

이분들이 음흉한 미소를 띠고 자신의 와인 입문 동기에 대해 떠들고 있을 때도 나는 항의할 마땅한 구실을 찾지 못한다. 그러지 말고 와인을 진지하게 느껴보라거나 와인을 마시는 일만큼 오묘하고 신비로운 여가 활동이 없는데 왜 그 모양으로 사냐는 등의 호소력 약한 논리로 설득해봤자 소용없다. 나는 무력해진다. 와인을 막연히 동경하는 여자의 마음을 이용해보려는 남자의 얄팍한 욕망을 발견할 때 나는 와인이 흉물스럽다. 여자 앞에서 자신의 얄팍한 와인 상식을 드러내지 않기 위해 점점 구차해지는 모습이 아른거려 역겨워진다. 와인이여, 왜 남자들에게 그 따위 구질구질한 구실을 제공하는가. 왜 너만의 아름다움으로 그들을 설득하지 못하는가. 와인은 이래서는 안 되는 술이다. 허심탄회하게 서로의 마음을 이어주는 사랑의 메신저가 돼야지, 혀를 속이며 육체를 탐닉하는 데 일조하는 우매한 술로 곤두박질칠 때 나는 와인이 싫다. 누군가 그게 어디 와인의 죄이겠냐고 따진다면 역시나 마땅한 구실을 찾지 못하리라. 어쩌면 나는 와인 앞에서 당당해지지 못하는 우리 남자들의 슬픈 현실을 바라보는 게 가슴 아픈 건지도 모르겠다. 그러나 어쨌건, 이럴 때 난 와인이 싫다.

와인이 잘못한 것도 아닌데 트집을 잡게 되는 경우는 또 있다. 와인이 3000억~4000억 원 규모에 달하는 대형 시장으로 성장해 진정 대중의 술로 거듭나려는 시점에서, 와인은 여전히 문턱 높은 술이라는 한계를 맞닥뜨릴 때 나는 와인이 싫어진다. 구체적으로 말해, 와인이 고상한 취향의 선봉 역할을 하는 게 마음에 들지 않는다는 것이다. 이 땅에서 와인은 돈 많은 사람들의 전유물에서 시작되었다. 와인 수입이 자유화된 1987년 이전에 와인은 부자들이나 프랑스 거주 경험자들의 독점적 취미였고, 그 이후에도 여전히 고상한 취향을 대변하는 명품으로 대접받아왔다. 적어도 일반인들이 프렌치 파라독스에 눈 뜨기 전까지는 말이다. 하지만 그때 형성된 '와인은 곧 고급'이라는 인식은 지금까지 힘을 발휘하고 있다. 사람들은 와인을 저 높은 곳이라며 우러러본다. 와인은 부를 상징하는 문화 권력으로 인식되었다.

그게 문제였다. 어느덧 와인은 천박한 자들의 스노비즘(snobbism)으로 급부상했다. 물적으로는 부족함이 없지만 지적으로 가난한 자들의 노리개로 전락한 것이다. 나는 와인이 스스로의 취향을 남들과 구별짓고 싶어 안달인 작자들의 돈 자랑으로 폄훼되는 게 싫다. 이 같은 상황은 불행하게도 와인을 키치의 일종으로 격하시킨다. 와인이 속물근성의 저속한 집합소가 되는 건 참을 수 없다. 어쩌다가 와인이 뻐김의 대상이 된 걸까. 하지만 곱씹어보면 와인만큼 친(親)키치적인 속성을 가진 유희도 없다. 와인은 확실히 폼이 나니까. 갑자기 부자가 됐는데 집구석에 그럴 듯한 그림이라도 한 점 걸어 놓아야 안심되듯이, 이제는 소주 대신 와인을 마셔야 할 것 같은 허영이 몽실몽실 피어오른다. 졸부네 집 거실에 장식으로 들여놓은 와인 셀러와 이발소 벽에 걸린 난데없는 풍경화가 뭐가 다를까. 와인은 고상한 취향의 대명사여서는 안 될 술이다. 나는 부디 와인이 거리낌없이 편안하게 마시는 술이 되길 바라는 사람이다. 고급 와인은 고급 와인대로 보통 와인은 보통 와인대로. 와인이 천박한 자들의 취향 권력화 작업의 대상이 되는 게 싫다. 그게 비록 와인의 탓은 아닐지라도.

와인이 부담 없는 술이어야 한다는 내 지론은 또 다른 미움을 낳는다. 이는 와인이 사람을 분석적으로 만드는 게 싫다는 소리다. 자고로 술이란 풍류다. 가능한 한 최대한 허술해진 마음가짐으로 목넘김을 즐기면 그만인 것이다. 하지만 와인은 사람을 현학적으로 만든다. 허술해지고 싶은 몸과 달리 두뇌가 열심히 움직여주기를 보챈다. 꽤 훌륭한 와인 입문서라 할 수 있는 『Wine for Dummies』('천재 A반을 위한 Wine'이라는 요상한 제목으로 번역되어 나왔다) 서두에 언급된 내용이 스친다. 세상에는 두 가지 부류의 와인 애호가가 있는데, 하나는 와인에게서 어떤 변화가 일어나는지를 알고 싶어하는 사색가이고, 다른 부류는 그저 와인을 즐기기를 원하며 더 많은 와인을 찾고 싶어하는 향락주의자다. 달리 말하면, 와인을 공부하는 사람과 와인을 공부하는 걸 싫어하는 사람으로 볼 수 있다. 내 경우엔 기질은 향락주의자인데, 지갑이 얇으니 어쩔 수 없이 사색가의 길을 가야 하지 않을까 싶다. 와인을 원하는 만큼 사서 마실 수 없으니 마셔본 와인에 대해서라도 제대로 뽑아내자는 심산이다. 그러나 난 여전히 향락주의자들이 부럽다. 그들의 경제력 때문만은 아니다. 사색가 타입을 유지하다 보면 자연히 사람이 와인 앞에서 현학적으로 변하고, 결국 지식이 유희에 방해가 되는 경우가 생기기 때문이다. 분석적 시각이 즐거움을 흐려놓는 사태인 것이다. 나 역시 비슷한 경우를 숱하게 경험한다. 동호회 모임에서도 같이 앉은 와인 초보자에게 지금 마시고 있는 와인에 대해 설명해주고 싶은 욕구로 가득하고, 친구 녀석들과의 홈 파티에서도 내가 준비한 와인에 대해 이러쿵저러쿵 얘기해주고 싶어 미친다. 사실 이래선 안 되는 거다. 와인을 앞에 두고 경솔하게 분석하려 들면 다른 사람의 유희를 망친다. 와인은 부담 없이 마셔야 하는데 난 타인들에게 부담을 강요한다. 아아, 이럴 때면 나를 이렇게 만든 와인이 싫다.

순전히 향락만을 위해 와인을 마시고 싶다는 게 내 본심이지만, 와인이란 술은 결코 호락호락하지 않다. 공부를 하지 않는 이상 절대로 알 수 없는 술이자, 어중간하게 아는 척했다간 박살나기 딱 좋은 술이다. 그래서 난 오늘도 와인 책을 붙들고 끙끙거린다. 그런데 세상사람 모두가 와인을 공부하지는 않는다. 아직 와인을 잘 모르는 그들은 순진한 얼굴로 이런 질문을 던질 때가 많다. 와인 좀 추천해줘, 맛있는 걸로. 특별히 좋아하는 스타일이라도 있느냐고 내가 물으면, 프랑스산 와인도 맛있고 칠레산 와인도 괜찮더라. 내가 답하기를 머뭇거리면, 너 와인 잘 알면서 뭐가 문제냐. 그게 그렇게 단순하지 않다고 항변이라도 할라치면, 뭐가 그렇게 복잡하냐. 이런 식이다. 나는 억울하다. 정말로 그게 그렇게 단순하지 않단 말이다.

왜 단순하지 않은지 한번 따져 보자. 우선 포도밭의 위치. 평지, 산비탈, 강가 등지에서 나는 포도의 맛이 과연 같을 수 있을까. 만약 이 포도가 산비탈에서 자랐다면 햇볕을 받는 방향이 정남향인지 남동향인지 북서향인지에 따라 차이가 난다. 여기에 비탈의 경사도에 따라 지하수 흐르는 속도가 달라 포도가 빨아들이는 수분의 양도 다를 것이다. 토질

에 따라서도 차이가 생긴다. 자갈밭은 물이 잘 빠질 테고 점토질은 축축할 테고 모래밭은 순간 빨아들였다가 금세 내뱉을 테다. 품종은 또 어떤가. 카베르네 소비뇽도 있고 메를로도 있고 피노 누아도 있다. 포도 품종만 해도 수백 가지가 넘는다. 그런데 세상의 모든 와인이 한 가지 품종으로만 생산되느냐, 그건 또 아니다. 남향의 산비탈 모래밭에서 자란 A라는 품종과 점토와 자갈이 섞여 있는 평지의 포도밭에서 자란 B, 석회질이 유난히 많은 물가에서 자란 C란 품종을 블렌딩할 수도 있다. 블렌딩 비율은 또 포도밭 주인에 따라 모두 제각각이다. 이렇게 섞고 나면 이 포

도즙을 바로 와인 병에 담아 숙성시킬 건지, 기존에 쓰던 오크통에 담을 건지 아니면 새 오크통을 사용할 건지, 아니면 대형 스테인리스 탱크에 담을 건지에 따라 모두 맛이 달라진다. 게다가 1년 동안 묵힐 건지 아니면 6개월만 숙성시켰다가 꺼내 병입할 건지 변수는 무궁무진하다. 여기에 우리가 익히 잘 아는 빈티지가 있다. 같은 매뉴얼에 따라 와인을 생산한다 해도 그 해 작황에 따라 와인 맛은 천차만별. 작업 세부 공정도 맛에 영향을 미친다. 포도를 손으로 땄는지 기계로 땄는지, 좀더 농축된 포도즙을 얻기 위해 포도나무 한 그루에서 몇 개의 포도송이만 남겨 수확했는지. 지금까지 나온 경우의 수만 조합해도 몇 억 개의 와인이 나오지 않겠는가. 실상이 이러한데 와인을 골라달라는 요청에 특별히 좋아하는 스타일을 되묻지 않을 수 없는 나의 처세가 그리 괴팍한 건 아니라는 사실을 이해해줘야 하지 않겠는가. 와인 숍에서 친구를 붙잡고 와인에는 천차만별의 맛이 있다는 점을 일일이 설명해주고 앉아 있을 순 없지 않은가. 아아, 이럴 때는 정말이지 와인이 싫다.

그런데 해답은 이것이다. 정말 와인에 문제가 있어서 와인이 싫어진 게 아니라는 것이다. 나는 위의 모든 상황에서 와인을 싫어한 게 아니었다. 결국 와인이 아니라 와인을 대하고 마시는 사람에 대한 실망이었다. 더 정확히 말하자면, 와인 앞에서 인간은 추잡해지고 거만해지고 답답해지고 게을러졌다. 그토록 정성 들여 이 신비하고 놀라운 결정체를 창조했다면, 그걸 소중히 여길 줄 알고 아끼고 사랑해야 하는 것도 인간일진대 우린 왜 와인 앞에서 예의를 차리지 않는 걸까. 왜 와인을 앞에 두고 부끄러워져야 하는 걸까. 결국 사람이 문제였던 것이다. 고로, 지금까지 늘어놓은 와인이 싫어질 수밖에 없는 이유는 모두 다 취소다.

마개를 돌려 따는 와인

남자는 여자를 위해 고급 와인을 주문합니다. 특별한 날인 만큼 특별한 와인을 시킵니다. 뉴질랜드산 메를로. 최근 다크호스로 떠오르고 있는 와인이지요. 두 사람은 서로의 눈을 바라보며 로맨틱한 코르크 소리를 기다립니다. 그런데 둘은 이상한 소리를 듣게 됩니다. 보통 소주병을 딸 때 들리는 금속음이랄까요. 아니나 다를까 소믈리에는 코르크스크루를 이용하지 않고 와인을 손으로 돌려 땁니다. 그걸 본 여자의 눈이 휘둥그레집니다. 남자는 당황하기 시작합니다. 이건 아니다 싶습니다. 낭만이 넘실대던 두 사람의 표정이 함께 일그러집니다. 애써 만들어놓은 분위기도 싸해집니다.

또 다른 예를 들어보지요. 이건 실제로 경험한 일이랍니다. 시내 모처의 한 레스토랑에서 저녁을 먹고 있었습니다. 옆 테이블에는 40대 중반으로 보이는 근사한 외모의 신사와 그의 가족이 앉아 있습니다. 남자가 와인을 좀 아는 듯합니다. 소믈리에를 불러 와인을 추천해달라고 부탁합니다. 소믈리에는 남자에게 '얄룸바'를 권합니다. 얄룸바는 호주에서 굉장히 유명한 패밀리 와이너리에서 만드는 와인입니다. 특히 소믈리에가 추천한 'Y 시리즈'는 질 좋기로 소문난 인기 제품이지요. 하지만 소믈리에가 와인을 들고 오자, 신사는 언짢은 반응을 보이며 와인을 물렸습니다. '어떻게 스크루 캡 마개로 된 와인을 추천할 수 있느냐는 표정입니다. 신사는 이 따위 싸구려 와인은 마실 수 없다며 단호하게 바꿔달라고 요구합니다. 결국 소믈리에는 코르크 마개의 와인으로 바꿔올 수밖에 없었습니다.

그렇습니다. 이것이 스크루 캡을 둘러싼 지금의 형국입니다. 사람들은 여전히 정식으로 포일을 벗기고 코르크를 따서 서브하는 클래식한 방법만 와인의 정석이라고 믿습니다. 금속 스크루 캡으로 밀봉하는 짓 따위는 소주에나 어울린다며 찬밥 취급을 합니다. 실제로 시중에는 코르크 없이 돌려 따는 와인이 점점 많아지고 있습니다. 심지어 특급 호텔에서도 버젓이 팔리고 있지요. 그러나 사람들은 괘념치 않습니다. 사람들 머릿속엔 와인 하면 무조건 코르크 마개인 것입니다. 이런 분들도 있습니다. 이제야 겨우 코르크를 부서뜨리지 않고 가루도 하나 빠뜨리지 않고 '뽁!' 하는 경쾌한 소리를 즐기며 흐뭇하게 코르크를 따는 재미에 빠졌는데 스크루 캡이 웬 말이냐고.

솔직히 부인하기 어려운 점은 존재합니다. 와인이 문화 권력을 상징한다는 와인의 기호학을 들먹이지 않더라도, 스크루 캡이 와인을 값싸고 경박하게 보이게 한다는 혐의는 인정할 수밖에 없습니다. 우리가 금속 스크루 캡으로 가장 많이 접하는 매개체는 누가 뭐래도 소주병과 '박카스'병 아니겠습니까. 고정관념이란 무서운 겁니다. 그러니 코르크스크루

를 정성껏 돌려가며 와인을 개봉하는 모습과 소주병 돌리듯 와인을 돌려 따는 장면은 쉽사리 오버랩되지 않는 게 사실이지요. 심지어 1970년 호주에서 스크루 캡을 와인에 처음 도입할 때도 순전히 싸구려 테이블 와인에만 장착되었으니까요. 와인 수입업체에 다니는 한 친구 녀석은 그래서 늘 조심스러울 수밖에 없다고 내게 털어놓았습니다. 제품을 코르크와 스크루 캡, 두 가지 형태로 출시할 경우 소매상에선 여전히 코르크 마개의 와인을 찾는다고 말이지요. 원산지에 와인을 주문할 때도 생산연도만 확인하던 예전과 달리, 요즘은 마개가 코르크인지 스크루 캡인지 반드시 물어본답니다. 매출 차이가 제법 크다고 하네요.

그럼 여기서 잠깐 해외의 경우를 살펴보도록 할까요. 진정 스크루 캡이 해외에서도 찬밥 신세인지 아닌지 말이죠. 전 세계 와인업계는 스크루 캡에 굉장히 호의적입니다. 특히 스크루 캡을 최초로 와인에 도입한 호주와 그 이웃나라 뉴질랜드에서는 스크루 캡이 단연 대세입니다. 스크루 캡의 붐이 제대로 불기 시작한 것은 2003년 스크루 캡을 사용한 '울프블라스 플래티넘 레이블'이 호주 와인쇼에서 대상을 받으면서부터랍니다. 이후 뉴질랜드의 간판 와인 메이커인 '빌라 마리아'는 자사의 모든 와인에 스크루 캡을 사용하겠노라고 천명했다지요. 심지어 코르크 마개를 고집하는 소매상과는 거래를 끊겠다고 협박(?)까지 했다는 후문입니다. 2004년 뉴질랜드 와인의 84%가 스크루 캡을 사용한 것으로 공식 집계되었다는 자료도 있습니다. 같은 신세계 와인의 대표주자인 미국도 스크루 캡을 열렬히 환영하는 분위기입니다. '보니 둔' 와이너리에서는 코르크 장례식이란 독특한 이벤트를 벌였고, '스털링 빈야드'에선 우리 돈으로 10만 원이 넘는 프리미엄 와인에 스크루 캡을 장착하는 파격을 감행하기도 했지요. 콧대 높은 프랑스 사람들도 대세를 거스르지는 못했습니다. 보졸레의 조르주 뒤뵈프, 보르도의 두르트와 앙드레 뤼통 등 유명 와인 메이커들이 스크루 캡을 채택해 열심히 팔고 있는 중이지요. 심지어 보르도 그랑크뤼 1등급인 '샤토 마고'에서도 세컨드 와인인 '파빌리옹 루지' 2002년산에 스크루 캡을 사용하는 실험을 행한 바 있으니 말 다했지요.

자, 그렇다면 싸구려 테이블 화이트 와인과 비행기 이코노미 클래스용 와인에만 사용되던 스크루 캡이 왜 세계적으로 각광받고 있는 걸까요. 첫째 이유는 따기 쉽고 다시 막아놓기도 쉽다는 것입니다. 그런데 왠지 편의성 말고도 다른 이유가 있으리라는 인상을 지울 수 없습니다. 와인업계 종사자들은 시중에 판매되는 와인 중 5~10% 정도는 조금씩 변질된다는 사실을 인정합니다. 와인을 밀봉하면서 사용한 코르크가 부패하면 곰팡이가 생기는데 이것이 와인의 맛을 나쁘게 한다는 거지요. 이것은 자연의 섭리입니다. 아무리 발버둥쳐봤자 어쩔 도리가 없지요. 코르크를 계속 쓰는 한 말입니다. 해결책은 단순합니다. 와인을 병 안에 담아두고 공기가 통하지 않게 하면 됩니다. 코르크는 미세한 산소를 통과시키지만 특별 처리된 알루미늄으로 만들어진 스크루 캡은 일체의 공기도 허용치 않습니다. 코르크 부패, 이른바 '부쇼네'로부터 와인을 보호해준다는 겁니다. 와인에 해를 가하지 않으니 와인의 맛과 특성에도 아무런 영향을 끼치지 않는 게 당연합니다. 이는 곧 스크루 캡이야말로 와인을 최상의 상태로 유지시켜 신선하고 풍부한 향을 느끼게 해준다는 것이지요. 와인 메이커의 원래 의도 그대로 와인이 보존된다는 것입니다. 생산자들 입장에선 스크루 캡이 정말 고마운 존재가 되는 셈이지요. 그러고 보니 스크루 캡이 많이 쓰이는 와인은 대부분 호주, 뉴질랜드 등 신선한 과일 향과 맛을 강조한 남반구의 화이트 와인입니다. 오래 숙성시키기보다는 바로 따서 마시면 가장 맛있는 와인들이지요.

여기에 스크루 캡으로 봉한 와인도 숙성이 가능하다는 사실이 알려지면서 스크루 캡 옹호론은 더욱 힘을 얻었습니다. 지금까지 일부에서는 코르크의 밀봉 능력이 완벽하지 않다는 점을 코르크의 또 다른 장점으로 주장하고 있었습니다. 코르크가 숨을 쉬어 바깥의 산소를 천천히 안쪽으로 들여보내기 때문에 와인이 숙성할 수 있다는 논리였지요. 그러나 와인은 병입 할 때 일반적으로 자연 숙성이 될 정도의 양의 공기도 함께 집어넣습니다. 게다가 병입된 와인의 숙성에서의 산소의 역할에 관해선 아무런 과학적인 증거가 제시되지 않았지요. 숙성이란 시간이 지나면 으레 진행되는 자연적인 화학적 변화 현상이라는 겁니다. 만약 이 명제가 사실이 아니라 할지라도, 스크루 캡은 보기와 달리 무척 정밀하게 만들어져 와인 메이커가 코르크 부패의 위험 없이 바깥 공기가 더 많이 또는 더 적게 병 안으로 들어갈 수 있도록 마개의 견고함을 조절할 수 있습니다. 이런 장점들 때문에 많은 와이너리들이 고급 와인에까지 코르크를 사용하지 않고 스크루 캡을 사용하기로 결정한 것입니다.

그럼에도 불구하고 왜 아직까지 스크루 캡보다 코르크를 사용하는 와이너리가 더 많은 걸까요? 앞서 말했듯 현실이 그리 만만치 않은 탓이랍니다. 스크루 캡을 달갑지 않게 여기는 사람이 반기는 사람보다 여전히 많다는 것, 이 점을 고려해야 합니다. 와인은 새로운 시도보다 전통적인 가치가 훨씬 큰 힘을 발휘하는 분야입니다. 실용성보다 이미지 메이킹이 여전히 중요하다는 것이지요. 스크루 캡 와인은 품질이 떨어질 것이라는 억측은 여전히 세상을 지배합니다. 30년 전이나 지금이나 스크루 캡은 저가 와인 또는 항공기 이코노미 클래스용 와인에 쓰이는 것으로 여깁니다. 젊은이들은 스크루 캡 마개를 돌려 따는 것을 보고 코카콜라를 먼저 연상합니다. 여기에 코르크가 지닌 낭만의 면모도 무시하지 못 하지요. 오래된 고급 와인의 코르크 마개를 하나하나 따나가는 설렘이 또 와인의 매력 아니겠습니까. 와인 애호가의 로망이기도 하고 말입니다.

하물며 스크루 캡이 밥벌이와 관련되어 있다는 주장도 있군요. 와인 바와 레스토랑에서 소믈리에의 역할이 축소된다는 이유로 스크루 캡을 꺼린다는 겁니다. 와인을 오픈하고 코르크 상태를 확인해 와인의 품질을 평가하는 일이 소믈리에의 주된 역할이거늘, 스크루 캡 와인이 늘어나면 당연히 소믈리에가 할 일이 줄어들겠죠. 이미 해외에선 '스크루 캡 와인을 멋지게 따는 법'에 관해 본격 토론해야 하지 않겠느냐는 말까지 공공연히 나오는 실정입니다. 세계 소믈리에 대회에서 우승한 일본인 신야 다자키 씨는 언젠가 내한 강연에서 스크루 캡 와인을 서브할 때는 평소보다 훨씬 과장된 몸짓과 볼거리를 줘야 한다고 힘주어 외치기도 했지요. 당시 많은 소믈리에들이 이를 농담으로 받아들였지만 결코 웃고 넘길 얘기가 아니지요.

스크루 캡을 씌운 와인을 접할 때마다 씁쓸한 기분이 드는 건 사실입니다. 원래 와인이란 같은 와인이라도 보관과 숙성 상태에 따라 풍미가 천차만별 아니겠습니까. 그 때문에 와인을 잘 보관하려고 정성을 들여 그 난리를 치는 것이고요. 하지만 스크루 캡이 달려 있는 와인을 보면 왠지 와인을 향해 인간이 보여준 그간의 노고와 예의는 도대체 뭐가 되

는가 싶기도 합니다. 그리고 와인을 생산자들의 땀과 눈물이 만들어낸 수확과 결실이자 육성의 기쁨이라기보다. 컨베이어벨트 위를 거치면서 대량생산된 복제품처럼 느껴지게 하는 것도 사실입니다. 정말이지 더 이상 와인 하면 떠오르는 단어가 로맨티시즘이 아니라 포디즘(Fordism)이나 테일러리즘(tailorism)이 되면 어떡하나 비통해지기도 합니다.

하지만 스크루 캡은 분명 와인의 미래입니다. 테크놀로지를 최대한 이용해 세상을 편리하게 살고자 하는 인간의 욕망과 잘 맞아 떨어진 결과물이라 할까요. 세상이 점점 모던해지고 있는데 와인이라고 독불장군처럼 굴 수야 없겠지요. 어쩌면 스크루 캡 와인이야말로 가장 도시적인 와인이라고도 할 수 있겠네요. 마개의 교체만으로 불량 와인을 근절하고 와인의 신선도를 처음 그대로 유지할 수 있다는 건 어찌 보면 혁명과도 같습니다. 이는 또한 와인이 본격 대중화되고 있다는 중요한 징표이겠지요. 코르크 마개를 오픈할 줄 모르는 소비자에게 스크루 캡은 마른 땅의 단비와도 같을 것이며, 전문 소믈리에 교육을 받지 못한 종업원이 대부분인 패밀리 레스토랑이나 고깃집에 손쉽게 오픈할 수 있는 스크루 캡 와인이 충분히 공급된다면 상황은 분명 달라질 것입니다. 와인의 문턱을 일반 대중의 눈높이로 내렸다는 데서 스크루 캡은 이미 자신의 역할을 다했는지도 모르고요. 바이, 코르크! 하이, 스크루 캡!

와인은 인내력 싸움

1

내가 철석같이 믿고 있는 진리 하나는 와인을 마실 때 무조건 오래 버티는 놈이 이긴다는 것이다. 무슨 말인고 하니, 와인을 오픈하고 나서 후다닥 마셔버리는 것보다 최대한 기다렸다 마시는 게 훨씬 맛있다는 얘기다. 물론 이 말은 반은 맞고 반은 틀리다. 가령 와인을 오픈하고 한참 기다렸다가 마신다는 건 곧 산소와 접촉하는 시간을 최대한 확보하자는 건데, 올드 와인의 경우는 꼭 그렇지 않기 때문이다. 올드 와인에 공기는 적이다. 되도록 공기 접촉을 적게 해야 와인의 산화를 더디게 할 수 있다. 빈티지가 오래된 와인은 산화가 너무 많이 지속되면 힘이 꺾여서 퍼져 버린다. 맛의 감동이 극도로 떨어진다는 것이다. 하지만 대부분의 와인은 그 반대다. 평소 주스 마시는 속도로 와인을 다 마셔버린 사람과 그보다 15분 정도 지나서야 와인 한 잔을 다 비운 사람이 느끼는 감동은 아주 다르다. 셀러에서 너무 차게 보관되었을 경우도 본래 맛을 느끼려

면 온도가 적당히 올라갈 때까지 시간을 기다려야 한다. 인내력 많은 사람이 더 맛있는 와인을 맛볼 수 있다. 그래서 난 오늘도 되뇐다. 한참을 기다려야 한다, 한참을 기다려야 한다, 한참을 기다려야 한다.

2

벌써 두 시간이 흘렀다. 디캔팅 한 시간 반에 글라스에 따른 지 30분. 아, 지겨워 죽을 지경이다. 어여쁜 여성 동지가 하나라도 있었다면 이토록 힘겹지는 않았을 텐데. 여인의 향기에 눈먼 자들에게 와인의 향기를 맡게 하는 일이 이토록 버거울 줄 나는 전혀 눈치채지 못했다. 내 잘못이다. 더욱이 오늘은 양보다 질을 추구하는 자리. 현재 멤버 네 명이니 평소 속도라면 이미 서너 병은 족히 비웠을 텐데, 오늘은 이제서야 두 병째다. 금요일 저녁, 구질구질한 남자들 사이에 둘러싸여, 고작 와인 한 병을 나눠 마시고 있단 얘기다. 그것도 두 시간째!

그래도 난 차라리 질보다 양이었으면 좋았을 거라는 말.따위는 입에 담지 않으련다. 오늘 마시기로 한 와인이 썩 훌륭하기 때문이다. '샤토 피숑 랄랑드' 2001년산. 정말이지 간만에 마시는 그랑크뤼 와인이다. 퇴근 무렵 동호회 게시판에 뜬 번개 공지를 보자마자 잽싸게 압구정동 와인 바로 달려온 것도 바로 이 녀석 때문이었다. '미각 대마왕' 로버트 파커 형님이 장장 97점을 헌상한 2000년산만큼은 못 되어도, 2001년산도 초특급 품질을 지녔을 게 보나마나 뻔하니까. 그까짓 구질구질한 남자들에 둘러싸여 있는 것 정도는 참을 수 있다. 피숑 랄랑드를 마신다는데.

하지만 이 보랏빛 녀석은 음흉하고 탐욕스러운 눈빛을 한 채 금세라도 잡아먹을 기세로 앉아 있는 내가 내키지 않나 보다. 두 시간이 흘

렀는데도 향이 열리질 않는다. 아직도 산소가 모자란 거냐. 지겨워 돌아
가실 지경이지만, 그렇다고 간만에 마시는 그랑크뤼 와인인데 벌컥벌컥
마셔댈 순 없다. 오늘만큼은 기필코 버티리라. 모처럼 비싼 회비 내고 마
시는 만큼 피숑 랄랑드가 정점에 오를 때까지 참고 기다리리라. 하지만
이 녀석, 도대체가 꿈쩍을 하지 않는다. 으아악, 대체 얼마나 더 기다려
야 하는 거야. 갑자기 지난번의 악몽이 되살아난다. 스승님의 강력한 추
천으로 딴 이탈리아 토스카나산 '구아도 알 타소'. 난 마지막 10분을 참
지 못했다. 아무리 기다려도 향이 열리지 않았고 명성만큼의 밸런스도
느끼지 못하였기에 에라 모르겠다 쭉 들이컸던 것이다. 하지만 정점을
위해 끝까지 기다렸던 다른 일행 둘은 마침내 풍성하게 올라오는 끈적
끈적하고도 섹시한 부케를 맞이했다. 딱 10분 차이였다. 속이 상해도 그
렇게 상할 수가 없었다. 와인은 인내력이라고 그렇게 스스로를 닦달했
는데도. 오늘만큼은 그러지 않으리라. 내 기필코 피숑 랄랑드의 정점을
맛보리라!

3

와인은 기다림의 연속이라고들 한다. 좋은 토양과 포도, 풍부한 일
조량, 그리고 몇 년씩 지하의 오크통에 담겨 있다가 세상에 나오기까지,
와인은 끝없는 기다림 끝에 얻어지는 열매라는 말은 절대 옳다. 하지만
분명 그것으로 끝나지 않는다. 보다 풍부한 맛과 향을 즐기기 위해, 그
와인의 진짜 실력을 100% 느끼기 위해 마개를 오픈한 즉시 글라스에 따
라 맛보기 전에 또 다른 숙성 시간이 필요하다. 와인쟁이들은 이럴 때 보
통 디캔터를 찾는다. 디캔터는 디캔팅을 할 때 사용되는 바닥이 넓고 주

둥이가 긴 투명한 유리나 크리스탈 병을 뜻하는 전문용어이다. 그럼 디캔팅은 무얼까. 병 속에 있는 와인을 이 디캔터로 옮겨 담는 작업을 말한다. 산소와 접촉하는 면적을 넓히자는 게 주목적이다. 이외에도 디캔팅의 또 다른 목적은 오래된 레드 와인에서 생겨난 미세한 침전물을 제거하기 위한 것인데, 우리 같은 가난한 청춘들이 침전물 제거를 목적으로 디캔터를 사용할 일이 얼마나 될까 따져 보면 그냥 산소 접촉이 주목적이라고 보면 편할 것이다.

하지만 이런 설명만으론 부족하다. 디캔팅은 아무래도 장기 숙성이 가능한 강건한 와인을 일찍 딸 때 마지못해 취하는 응급 처방이라고 보는 게 훨씬 올바른 표현이다. 물론 와인 숙성 과정에서 정점에 오를 때까지 셀러에 보관했다가 꺼내 마시는 일이 가장 이상적이겠지만, 그러려면 대략 10년 정도를 기다려야 한다. 우리처럼 성격 급한 사람들에겐 역시나 현실성 없는 탁상공론일 뿐. 그러한 연유로 어린 와인을 마시기 위해 부득이 디캔팅을 하는 것이다. 바로 따서 마시면 떫거나 신맛이 강하니까 디캔팅이라는 과정을 거쳐 제대로 된 향과 맛을 느끼려는 속셈이다.

4

세상엔 디캔팅을 그다지 선호하지 않는 사람도 있다. 와인을 막 땄을 때 최초의 맛부터 마지막 맛까지 서서히, 또 최초의 향부터 마지막 향까지 천천히 경험하는 게 좋은 것이다. 바로 나 같은 사람이다. 난 디캔팅보다는 글라스에 와인을 따라 놓고 그 변화를 세세하게 지켜보고 음미하는 것을 즐긴다. 디캔팅은 와인을 가장 완벽한 상태로 만들어놓기 위한 수단이지만, 와인의 절정에 다다른 순간만 만끽하는 일은 아무래도 아쉽다. 와인의 변화무쌍함을 사랑해서다. 그 변화무쌍한 순간을 일일이 만끽하려면 병을 따자마자 글라스에 따라두고 최대한 천천히 마셔야 한다. 글라스를 자주 돌려대지도 않는다. 산화가 빠를수록 변화된 향도 재빨리 다음 향으로 바뀌는 탓이다. 와인쟁이들은 이를 일컬어 '브리딩 (breathing)'이라 일컫는다. 브리딩이란 와인이 숨 쉰다는 말인데 숨을 쉰다는 건 실제론 거짓말일 테고, 그저 와인과 산소의 활발한 접촉을 통해 맛과 향이 살아나는 과정이라 보면 무난하다. 브리딩이야말로 와인의 첫 맛부터 끝 맛까지 모조리 경험할 수 있게 해주는 유일한 왕도라는 것이 내 견해다.

5

　두 시간 십오 분이 지났는데도 피숑 랄랑드는 여전히 그대로다. 이럴 때면 정말이지 돌아버릴 것 같다. 벌써 산화가 다 끝나버린 게 아닌가 불길한 예감도 든다. 가끔 그랑크뤼 와인인데도 제 진가를 다 드러내기도 전에 먼저 퍼져버리는 경우가 있으니까 말이다. 오 그러면 안 돼, 안 돼. 오늘은 땡스 갓 잇츠 프라이데이란 말이야. 마음을 다잡고 자세를 고쳐 잡는다. 아닐 거야. 정말 좋은 와인이라 하잖아. 파커 형님도 극찬하셨다는데, 이 무슨 경거망동이냐고. 고급 와인에 두 시간도 할애하지 않는 참을성 없는 내가 문제인 거지. 하지만 정점을 만끽하겠노라는 내 굳은 결의와 달리 자꾸 딴 생각이 나고 순간순간 지루해진다. 시간이 흘러갈수록 와인 바의 내부 환경에 신경이 쓰이기 시작한다. 의자가 조금만 더 편했더라면 좋았을 텐데. 참 싸구려 스피커를 쓰는군. 고음역이 이렇게 떨어져서야 쓰나. 저 소믈리에 언니는 참 다리가 짧네그려. 어라 옆

테이블 사람들은 와인을 반병이나 남겨놓고 가네. 저거 꽤 비싼 와인인데. 소믈리에 언니가 속으로 좋아하겠군. 인내가 한계에 다다르기 시작한다. 슬슬 졸음도 온다. 와인은 인내력 싸움이라지만, 오늘처럼 와인의 변화가 더딜 때 난 한없이 산만해진다. 빨리 정신을 차리자. 좋은 와인을 느끼려면 최소한의 노력이 뒤따라야 하는 법. 세상을 공으로 먹으려고 하면 안 되지. 맞는 말이다. 맞는 말이지만, 정말 맞는 말이지만, 아아, 그렇지만 너무 지겹다. 으아악.

6

와인을 마시기 전에 개봉해두면 맛이 좋아진다는 말은 사실 부분적으로는 맞는 말이다. 병 안에 어쩔 수 없이 들어가버린 약간의 가스나 기분 나쁜 발효 냄새, 숙성 중에 미생물에 의한 변화 때문에 생긴 나쁜 냄새 뭐 이런 것들이 날아가는 것이지, 와인 자체의 바람직한 향이 증가하는 게 아니다. 산소 접촉이 타닌의 구조에 영향을 미치는 건 사실이다. 타닌이 많은 레드 와인을 오크통에 숙성시키는 주된 이유 중 하나는 오크의 미세한 구멍을 통해 공기가 와인 속으로 스며들도록 하기 위해서이다. 사람들은, 산소가 타닌의 작은 분자가 뭉쳐서 큰 분자가 되는 화학반응을 촉진시켜 와인의 촉감을 부드럽게 만든다고 생각한다. 그러나 이러한 타닌의 중합 반응이 일어나는 데는 한두 시간이 아닌 며칠에서 몇 주가 걸린다. 그렇다. 본질적으로 디캔팅은 타닌을 변화시키는 게 아니다. 단지 바람직스럽지 않은 물질이 사라짐으로써 과일 향이 강화되어 와인의 구조가 부드러워진 인상을 주는 것이라 봐야 옳다. 우리는 바로 그 부드러워진 인상을 즐기는 것이고. 어찌 되었건, 머리 아픈 얘기는 다

떠나서, 와인은 시간을 두고 마셔야 더욱 맛있어진다는 사실만큼은 변하지 않는다.

7

마침내 열렸다. 자그마치 두 시간 하고도 삼십오 분을 기다려 얻어낸 성과다. 인내 끝에 모습을 드러낸 피숑 랄랑드 2001년산은 풍부한 과일 향과 섬세함이 지극히 인상적이었다. 포이약 지방의 다른 와인들처럼 엄청난 파워로 혀를 사로잡는 게 아니라 비단결 같은 우아한 매력을 담고 있었다. 그리고 보니 언젠가 우연히 시음했던 1997년산조차 굉장히 부드럽고 유연했다는 기억이 모락모락 피어난다. 1등급에 버금가는 뛰어난 품질이라는 의미로 '슈퍼세컨드'라 불리는 이유를 이제야 알 것 같다. 만약 조금 전처럼 주의가 몹시 산만할 때 꿀꺽꿀꺽 마셔버렸다면 결코 이 맛을 느끼지 못했을 것이다. 지금 내가 느낀 이 맛이 바로 와인 메이커가 표현하려고 한 이 와인의 정점. 오오, 황홀한 맛이여. 인내력이 중요하다. 그래서 또 한 번 되뇐다. 한참을 기다려야 한다, 한참을 기다려야 한다, 한참을 기다려야 한다.

블라인드 테이스팅이 너무해

보통 다음과 같이 진행되지요. 각자 두 개씩의 와인 글라스를 건네받습니다. 꼭 두 개여야 할 필요는 없지요. 격식이 생명인 특급 호텔이거나 와인 글라스를 공짜로 협찬받았거나 혹은 주최측에서 설거지 요원을 여럿 확보한 경우라면, 그날 시음하는 와인의 개수만큼 글라스가 준비되기도 합니다. 하지만 대체로 두 잔을 번갈아 사용합니다. 대한민국의 힘은 절약이라고 누군가 그랬다지 않습니까. 와인은 라벨뿐만 아니라 병의 형태까지 종이로 가리고 번호를 붙여둡니다. 잔에 든 것이 어떤 와인인지 모르는 상태에서 시음을 진행하기 위해서지요. 운 좋게도 그날이 장시간의 디캔팅을 요구할 정도로 고급 와인을 시음하는 날이라면 무작위 추첨으로 와인의 순서를 정해 약 세 시간가량 디캔터에 넣어 공기와 접촉시킵니다. 와인이 한껏 열린 상태에서 와인을 시음해야 적나라한 맛을 가늠할 수 있지 않겠습니까.

두 종류씩 와인을 따라주면 두 와인을 비교하면서 마셔봅니다. 너무 조금 준다고 떼쓰는 분들이 간혹 있는데, 그거 참 '간지 빠지는 행동'이 아닐 수 없습니다. 시음회에선 원래 한 병 가지고 열 명 이상이 시음하는 경우가 수두룩합니다. 그런 경우 한 사람이 맛보게 되는 와인의 양은 75ml가 채 안 된다는 사실을 명심해야지요. 욕심은 버려야 합니다. 다음으로는 준비된 종이에 빛깔, 향, 맛, 전체의 풍미 등에 대해 자유롭게 적어 내려갑니다. 누구는 일단 못 먹어도 고라는 심정으로 빈자리 없이 빼곡하게 써내려갈 테고, 또 누구는 심플하게 딱 두 줄로 매듭짓기도 하겠지요. 아무렴 어떻습니까. 시음회의 중심에서 자유를 외치면 그만인 겁니다.

다 적으셨으면 테이블에 앉아계신 분들과 이야기를 나눕니다. 대략 예상되는 포도 품종과 지역을 말씀하셔도 좋고 가격을 맞혀보는 것도 괜찮습니다. 단, 평소 귀가 얇은 분들은 말 많고 탈 많은 캐릭터 소유자들의 발언을 특히 조심하십시오. "이건 카쇼가 확실해" "4번이 제일 비싼 거 같지 않냐" "3번 와인 조금만 더 주실 순 없나요" 등 불필요한 코멘트로 다른 참석자들의 집중력을 흐트러뜨리고 헷갈리게 하려는 것이 그들의 획책입니다. 5분 사이에 마음이 열두 번씩 바뀌는 게 바로 블라인드 테이스팅 아니겠습니까. 맨 마지막에는 와인 병과 라벨을 공개해 자신이 예측했던 바가 얼마나 말도 안 되는 것이었는지 알아보는 시간도 갖습니다. 가장 중요한 걸 빼먹었군요. 이거, 눈 감고 하는 거 아닙니다.

어찌 보면 성스럽기까지 합니다. 와인을 안 하는 분들 입장에선 술한 잔 마시는데 뭘 저렇게까지 하나 싶기도 할 것입니다. 하지만 블라인드 테이스팅에 임하는 사람들의 표정 한번 보십시오. 세상에서 가장 진지한 표정 아니겠습니까. 온 신경을 집중하고 혼신의 힘을 다해 시음에

임하는 저들. 세상의 모든 번민이란 다 잊은 표정이지요. 저 같은 마음가
짐으로 일찍이 공부를 했더라면 우리 동호회 사람들 전부 판검사 되었겠
지요. 아무튼 이것은 의식입니다. 블라인드 테이스팅만큼 와인을 대표하
는 의식이 있을까 싶습니다. 위스키나 테킬라에서도 블라인드 테이스팅
이 술의 값어치를 평가하는 주된 방식이긴 하지만, 와인에서만큼 경건하
게 진행되진 않지요.

　블라인드 테이스팅은 무림의 고수들이 실력을 발휘하는 쇼 케이스
이기도 합니다. 아마도 많은 분들은 소위 와인 전문가들이 블라인드 테
이스팅을 하는 걸 보고 깜짝 놀랐을 게 분명합니다. 이 사람들은 코를 잔
에 대고 몇 번 향을 맡아보고, 또 잔을 돌려 슬쩍 맛을 보고는 라벨도 보
지 않은 상태에서 그게 무슨 와인이라고 말합니다. 때때로 그들은 그 와
인의 빈티지가 몇 년도이고, 생산자가 누구인지도 알아맞히지요. 귀신이
곡할 노릇입니다. 나도 와인 웬만큼 마셨다며 어설프게 명함 내밀었다간
국물도 없습니다. 도대체 저 첨지들은 어떻게 맞히는 걸까요? 세상에 와
인이 수백만 종인데 어떻게 이 사람들은 그 중에서 이 한 병의 와인을 정
확히 무엇이라고 말할 수 있는 걸까요? 귀신이 아니고서야 말이죠.

　물론 저쪽 바닥에는 블라인드 테이스팅의 기술, 소위 작업의 정석이
란 게 있습디다. 하지만 우리 같은 사람은 쉽사리 알 수도 없고 굳이 알
필요도 없는 것들이지요. 그건 그들이 할 일입니다. 우린 라벨 공개하고
좋은 와인이라며 박수 짝짝 치면서 마시는 기회부터 최대한 확보해야지
아직 그런 것까지 줄줄이 꿰고 다닐 필요는 없습니다. 오히려 블라인드
테이스팅은 당최 왜 하는 것일까 하는 질문에 포커스를 맞출 필요는 있
다고 봅니다. 블라인드 테이스팅이 도대체 뭐기에 그토록 많은 사람이

목숨을 거는지 궁금하지도 않으십니까?

먼저, 와인에 대한 편견을 없애고 마시도록 한다는 겁니다. 사실이 그렇지 않습니까. 우리가 와인을 마실 때 이 와인은 칠레산이고, 카르메네르 품종이고, 6만5000원 주고 샀고, 심지어 와이너리 이름까지 알게 되면 대략 그림이 그려지지요. 한편 평소 메를로를 굉장히 싫어하는 사람이라도 라벨을 가리고 마실 때는 메를로 와인을 그날의 베스트로 임명할지도 모르는 일입니다. 약간의 정보라도 판단이나 평가에 영향을 미치게 마련이지요. 그러하니 그 와인이 무엇인지 전혀 모르는 상태에서 판단을 내리는 게 가장 옳은 방법 아니겠습니까. 블라인드 테이스팅을 하는 다른 이유는 그래야 와인의 미세한 부분까지 집중해서 시음을 하게 된다는 겁니다. 와인의 생산지도 모르고 품종도 모르니 이 와인의 정체를 알려면 평소보다 훨씬 더 집중해서 시음해야 하는 건 당연한 일이지요. 와인의 아로마와 부케, 맛, 그리고 스타일을 파악하는 게 보통 어려운 일이 아니니까요. 그러고 보니 와인을 마시는 일은 퍼즐 맞추기와 같다는 생각이 꿀럭꿀럭 용솟음치는군요. 한때 저도 천 피스짜리 직소 퍼즐을 한 조각 한 조각 짜 맞추던 암울한 시절이 있었지요. 그거 참 쓸데없는 짓이었는데.

어찌 됐든 블라인드 테이스팅이 와인 애호가에게 꼭 필요한 직업이라는 건 알겠는데, 저는 이 블라인드 테이스팅만 보면 마음이 편치 않았답니다. 이게 참 사람을 주눅 들게 만드는 원흉입니다. 와인을 막 배우기 시작할 무렵이었습니다. 와인 내공을 빨리 쌓으려면 블라인드 테이스팅을 자주 해봐야 한다는 선배들의 권유로 눈에 불을 켜고 시음회장을 찾아다녔지요. 저는 와인을 한 모금 입에 머금어본다고 해서 산지는 어디며, 품종은 무엇이며, 브랜드는 어떻고, 몇 년 산인지 얘기할 수 있는 혀를 당연히 지니고 있지 못합니다. 그러하니 블라인드 테이스팅을 가는 날마다 어깨에 힘이 잔뜩 들어갈 수밖에 없었지요. 물론 다음과 같은 소망은 있었답니다. 오늘은 제발 딱 두 가지만 맞혀보자. 이게 벌써 몇 번째냐. 하지만 집으로 돌아오는 길엔 늘 이렇게 되뇔 수밖에 없었습니다. 이게 대체 뭐 하자는 짓이냐고요. 이것들은 어쩌자고 이토록 알아채기 어려운 맛이냐고요. 오 하나님, 왜 제겐 이토록 미약한 혀를 주셨냐고요. 하나님 정말 미우시다고요.

사실 블라인드 테이스팅을 제대로 하려면 그만한 내공이 따라야 한답니다. 메를로여서 부드럽다거나 카베르네 소비뇽이어서 강건하다거나, 산지오베제여서 산미가 강하다거나 하는 편견 가지고서는 백전백패란 말씀이지요. 우선 색깔부터 따져봅시다. 카베르네 소비뇽은 확연한 보라색이 나타나고 그르나슈는 잉크처럼 검은 기운의 깊이가 있다고 합니다. 리슬링은 거의 투명에 가까운 맑은 빛이지만 샤르도네는 그보다 훨씬 더 금색에 가까운 기운을 가지고 있고요. 게뷔르츠트라미너는 마치 살구가 잔 속으로 녹아든 것 같은 색이라는데, 이것들을 다 숙지함과 동시에 현장에서 한눈에 간파할 수 있으신지요. 입 안에서 와인을 굴렸을 때 잔당을 느낄 수 있으신지요. 만약 그렇다면 리슬링, 피노 블랑, 게뷔르츠트라미너 등의 포도 품종이 잔당이 높은 편에 속하고, 네비올로의 경우는 이와 비슷하면서 타닌이 조금 더 높다는 사실은 깨우치고 계신지요. 이런 것이 우리를 주눅 들게 한다는 겁니다. 와인은 고급스럽고 권위적인 취미활동이라고 선입견을 씌우는 데 바로 우리의 블라인드 테이스팅이 일등공신 역할을 한 셈이지요.

뿐만 아니라 이게 또 인간 심연에 자리한 경쟁심을 꽤나 자극합니다. 내 오늘 와인 네 녀석의 정체를 기필코 파헤치고야 말리라는 과도한 집착으로 변질되기도 하고요. 무조건 무슨 와인인지 맞히고 싶어집니다. 맞히지 못하면 짜증이 납니다. 짜증이 나면 와인 맛이 없어집니다. 이게 뭡니까. 또 와인을 맞힌 사람이라도 나오면 분위기 술렁거립니다. 블라인드 테이스팅 성공만큼 남에게 과시하기에 좋은 구실이 또 어디 있겠습니까. 맞힌 놈은 아니꼬워 죽겠고, 그렇다고 내가 하나라도 맞히는 것도 아니고, 시음회 내내 편치 않고 불안할 수밖에 없지요. 와인도 다 맛있게 마셔서 취기를 즐기자는 건데 주눅 들면서까지 술을 마실 필요야 없지 않겠습니까. 사실 예로부터 우리의 술 문화는 풍류를 즐기는 유희가 아니었습니까. 느긋하게 앉아 일로 피곤해진 심신을 달래가며 일종의 쾌락을 마시는 거지요. 그러면서 사랑을 알고, 자연을 느끼고, 님도 보고, 뽕도 따고 뭐 그런 거 아니겠습니까. 스트레스 잔뜩 받아가며 술 마시는 일, 이를테면 폭탄주 만들어 파도 돌고 네가 죽나 내가 죽나 결투 구도로 비뚤어진 건, 바야흐로 60~70년대 우리 경제가 마구 펌프질하면서 국부를 늘리기 위해 온 나라가 앞으로 나란히 했던 시절에 발생한 부작용 아닙니까. 저 옛날 우리 선조들이 누리신 것처럼 편안하고 즐거운 음주가 새삼 그리워집니다. 그런 분위기엔 또 와인이 제대로지요. 암, 물론이고말고요.

그리하여 이 땅의 많은 와인 동지들은 결심했던 겁니다. 블라인드 테이스팅을 하긴 해야겠는데 좀더 재미있고 편하게 진행할 수는 없을까, 블라인드 테이스팅에 축제의 의미를 부여할 수는 없을까, 블라인드 테이스팅을 이벤트화할 수는 없을까 머리를 끙끙 싸매기 시작한 거지요. 무

엇보다 블라인드 테이스팅에 대한 편견을 없애자는 게 주목적이었습니다. 마침내 블라인드 테이스팅에 관한 새로운 컨셉트가 세상에 나오게 됐습니다. 블라인드 테이스팅의 진면모는 무슨 와인인지 맞히려고 하기보다 자기 입맛에 잘 맞는 와인을 찾는 데 있다는 말씀. 백 번 천 번 옳은 말씀입니다, 얼쑤! 솔직히 와인에 대한 편견을 없애고 마시도록 하거나 와인의 미세한 부분까지 집중해서 시음할 수 있도록 하는 것도 다 제 입맛에 가장 잘 맞는 녀석을 찾아내고자 하는 거란 말입니다. 이 같은 움직임은 해외에서 먼저 일었더군요. 미국 캘리포니아의 한 블라인드 테이스팅 대회는 전문가만 초청하는 게 아니라 절반 정도는 필히 일반인을 필히 참석시킨다고 합니다. 대회의 주목적이 와인의 정체를 밝히거나 와인의 정체를 밝히는 첨지들의 실력을 평가하는 게 아니라, 사람들의 입맛에 보편적으로 잘 맞는 맛 좋은 와인을 선별해내는 것이죠. 제가 속한 동호회에서도 종종 블라인드 테이스팅을 주제로 정기 모임을 갖습니다. 다섯 종의 와인을 라벨을 가리고 시음하게 합니다. 가장 맛있었던 와인 세 가지를 1위부터 3위까지 골라 쪽지에 적게 합니다. 쪽지를 걷어 집계합니다. 그러면 그날 마신 와인 중 회원들 입맛에 가장 쏙 들었던 와인이 무엇인지 답이 바로 나오지요. 블라인드 테이스팅을 부담스럽게 느꼈던 회원들도 까르륵 좋아합니다. 이 새로운 방식에 박수를 보냅니다. 그렇지요. 우리 같은 일반인에게 블라인드 테이스팅이란 실로 이래야 하는 것이지요.

저는 블라인드 테이스팅이 축제였으면 좋겠습니다. 자신의 시음능력을 시험해보고 과시하는 자리가 아니라 자기 입맛에 맞는 와인을 찾아내 와인을 영유하는 방법을 터득하는 학습의 현장이었으면 좋겠습니다.

여전히 틀릴까 봐 걱정이라고요. 와인을 10년 이상 드신 내공 있는 선배들도 블라인드 테이스팅에서 80% 이상씩 틀리는 일이 허다합니다. 오히려 맞히는 게 신기한 일 아니겠습니까. 자자, 겁내지 마시고 편하게 와인을 드시면서 주위 분들과 와인에 대해 이야기를 나누며 자신의 입맛에 맞는 와인을 찾아가시지요. 그러면 와인을 진정한 애호로 삼는 일에 한 발자국 다가설 수 있으리라 믿어 의심치 않습니다. 아, 작성하신 테이스팅 노트는 걷지 않을 테니 부담 갖지 마시고요.

일본에서 와인 사오기, 그것도 열 병씩!

어렸을 적엔 외국에 다녀오는 지인이 조그만 선물이라도 사다주면 그게 그렇게 좋았다. 그 흔한 열쇠고리라도, 몇 푼 안 하는 노란 봉투의 엠앤엠 초콜릿 달랑 한 봉지라 할지라도 상관없었다. 바다 건너온 선물이라는 사실이 중요했고 그 멀리서부터 나를 생각해준 갸륵한 마음에 감동했다. 그야말로 한국 사회의 큰 미덕이었다. 물 건너온 작은 선물들은 받는 이를 물심양면으로 행복에 젖게 만들었다. 국내에서 구하기 어려운 귀한 물건을 소유하게 돼 행복했고, 친구 녀석들 앞에서 콧대 세우기에 좋은 구실을 가지게 돼 행복했다. 사람들은 해외에 나길 일이 생기면 1달러50센트짜리 열쇠고리와 2달러99센트짜리 엠앤엠 초콜릿을 사느라 여념이 없었다.

하지만 지금은 세상이 조금 바뀌었다. 외국에 나가는 일이 전라남도 해남이나 경상남도 충무 가는 것보다 쉽고 잦아지면서 오히려 촌스럽게 뭘 사가지고 들어오느냐고 핀잔이다. 이유야 뻔하다. 해외를 들락날락하는 게 더 이상 대수로운 일이 아닌 데다 인터넷 클릭 한 번이면 외국 물건을 안방에서 직접 받아볼 수 있어서이다. 이로써 훈훈했던 사회의 미덕은 오히려 남에게 부담만 가득 안기는 촌티로 둔갑해버렸다. 차라리 안 주고 안 받는 게 깔끔한 세상이 도래한 것이다.

그래도 나는 몹시 촌스럽게도 해외 나가는 사람이 있으면 죽어라고 부탁을 해댄다. 돈 쥐어줄 테니 제발 와인 한 병만 사달라고 말이다. 특히 행선지가 일본이라고 하면 나의 촌티는 극에 달한다. 신주쿠에는 괜찮은 와인 숍이 없으니 부디 롯폰기로 가라던가, 오다이바에 가면 싸고 괜찮은 와인 숍이 두 곳이나 있어서 가격을 비교할 수 있다는 둥 일본 가는 사람의 개인 스케줄은 전혀 고려하지 않은 오버마저 서슴지 않는다. 와인 이름이 어려워 사오기 힘들겠다는 저항이라도 들어오면 스펠링을 또박또박 적어주는 친절함으로 제압해버린다. 기필코 와인을 사오게 한다. 웬만해선 나를 막을 수 없다.

여기까지는 아무런 문제가 되지 않는다. 그 옛날 사회의 미덕을 새록새록 일깨우는 아름다운 사회 구현을 몸소 실천하는데 문제는 무슨 문제인가. 하지만 나는 꼭 이왕이면 두 병씩 부탁한다. 가끔은 동호회 사람 몇 꼬드겨 돈을 모아서 한 너덧 병 사달라고 조르기 일쑤다. 이때도 상대방이 곤혹스러워하면 트렁크 어디어디에 와인을 넣어 가지고 오면 깨질 염려 없다는 친절함을 무기 삼는다. 그리고 가끔은 '일본에서 와인 사오기 미션'에 성공하기도 한다. 하지만 이것은 문제가 된다. 도의적으로는 일본에 가는 사람에게는 약간의 민폐를 끼쳤을 뿐이지만, 법적으로는 명백한 위법이자 불법이기 때문이다. 관세법을 들여다보면, '외국에서 직접 양주, 와인 등 주류를 사서 들어올 경우 종류에 상관없이 여행자 한

명당 미화 400달러 이하의 1병(1리터 이하)까지 세금을 내지 않고 가져올 수 있다'고 쓰여 있기에 더욱 그렇다.

그렇다, 솔직하게 고백하건대 나는 범법자다. 그것도 상습적인 범법자다. 자고로 법을 어기는 사람이 많은 사회는 큰 혼란에 빠지게 된다니 나는 당연히 처벌받아야 마땅할 것이다. 한편으론 또 이런 생각도 든다. 인간 사회가 존속하는 한 범법자는 늘 생기게 마련이라는데. 그렇다면 내가 범법자가 된 근본적인 원인도 다름 아닌 이 사회에 있지 않을까. 사회, 네 이노~옴, 네 죄를 네가 알렸다!

내가 해외에 나갈 때마다 와인을 사오려고 안간힘을 쓰는 건, 아니 내가 법을 어길 수밖에 없었던 진짜 이유는 우리나라는 와인 값이 너무 비싸기 때문이다. 솔직히 와인, 너무 비싸다. 아무리 와인에 필이 꽂히고 와인 없인 못 산다 해도 와인이 비싼 술이라는 진리는 변하지 않는다. 3000원이면 거나하게 취할 수 있는 '이슬이'를 생각하면 더더욱 가슴 아프다. 웬만큼 명성 있는 '적당한' 수준의 와인을 바에서 마시려면 적어도 10만 원은 써야 하는 게 이 나라 가난한 와인쟁이들의 비애다. 그전에 고기 좀 굽고, 왔다 갔다 교통비에, 술이라도 거나하게 취한 경우 들여야 하는 택시비까지 따지면 하루 저녁 와인을 마시려면 거의 15만 원 가까이 든다. 게다가 와인 값은 자꾸 오른다. 2003년 와인 숍에서 3만6000원을 주고 사 마셨던 '샤블리'는 어느새 5만8000원에 팔리고 있고, 내가 사랑해마지 않는 샴페인 중 하나인 '볼랭저'는 6만 원대에서 9만 원대로 뛰었다.

그렇다면 뭣 때문에 와인 값이 이리도 비싼 것일까. 소비자 입장에선 중간 마진이 터무니없이 많은 게 아니냐며 아우성이고, 와인 수입상

들은 지나치게 높은 세금 탓이라 항변한다. 과연 누구 얘기가 옳을까. 축구에서도 제일 김빠지는 게 무승부 경기이듯, 재미없게도 양측 다 옳다. 마침 심심했는데, 대체 상황이 어떠한지 차근차근 따져보도록 하자.

먼저 세금. 우리가 마시는 와인에 붙는 세금을 요목조목 헤아려 보면 일간지 정치면, 사회면, 경제면을 읽을 때처럼 착잡한 감정이 솟구친다. 와인에는 관세 15%, 주세 30%, 교육세 10%, 부가가치세 10% 등 물품 가격에 운임과 보험료를 더한 가격의 약 68.25%에 해당하는 세금이 붙는다. 68.25%라니! 문장으로 정리하는 것만으로도 착잡한데, 마실 때는 오죽 착잡할까. 마진은 또 어떤가 보자. 수입업체들은 보통 30~35%의 이윤을 남기는 것으로 알려져 있고, 와인 숍은 30~40%, 할인점은 20%, 백화점은 30%가량의 마진을 각각 붙인다. 이러니 와인이 비싸질 수밖에.

자, 그럼 여기서 연습문제를 풀어보자. 가령 프랑스에서 수입해 들여오는 와인의 생산지 출고가격이 1만 원이라고 할 때 소매가는 얼마나 될까. 괜히 푼답시고 끙끙대다 지레 열 내지 말고 설명이나 듣도록 하자. 출고가 1만 원이면 관세가 1500원이다. 1만1500원에 대해 주세 3450원이 부과된다. 주세의 10%인 345원이 교육세. 따라서 지금까지의 1만5295원에 운송료와 보험료를 추가하면 얼추 1만7316원. 이것이 수입원가다. 이제부터는 마진이 붙는다. 수입상, 도매상, 소매상이 자기 몫을 먹겠다고 덤벼드는 것이다. 수입상 마진 30~40%인 1만1544원을 더하면 2만8860원, 도매상 마진 10~20%인 7215원을 또 더하면 3만6075원이 된다. 이 와인이 전문 와인 숍으로 가면 마진이 더 붙어 대략 4만6000원이 되고, 봉사료와 부가세가 따로 붙는 특급호텔에선 무려 9만 원대까지 올라간다. 티끌 모아 태산 된다는 진리가 온몸에 사무친다. 프랑스 현지에서 대략 2만 원 정도에 팔리는 와인이 한국에 오면 다섯 배까지 올라가게 된다니 정말 눈물겹다. 이 무슨 날강도 같은 짓이냐고 개탄해봤자 소용없다. 물건을 팔면 남는 돈이 있어야 되는 수입상과 소매상 입장에서는 어림 반 푼어치도 없는 소리라며 페이드아웃될 따름이다. 자, 수학시간은 여기까지 하기로 하고.

착잡한 마음에 이 나라 꼭 이래야 하나 하는 생각은 이웃나라 일본과 비교하면 더욱 심해진다. 모든 물가가 우리보다 비싸기로 소문난 일본의 와인 가격이 훨씬 비쌀 거라 예상하겠지만, 실제로는 그 반대다. 제도가 달라서이다. 일본은 와인 가격에 상관없이 병당 일률적으로 세금을 부과한다. 이것을 어려운 말로 종량세라 한다. 반면 우리나라는 방금 읽으셨다시피 생산국가 출고가에 관세를 매긴 가격에 주세를 매긴다. 이것은 종가세라 부른다. 이 경우 종류마다 천차만별인 출고가에 30%의 세금을 각각 매기니 당연히 와인 값이 비싸지게 마련이다. 특히 저가 와인의 가격은 비슷해도 고급 와인으로 올라갈수록 우리나라가 현저하게 비싸질 수밖에 없다. 종가세 실시로 인해 와인 값이 비싸지면 세금도 덩달아 오르기 때문이다. 이러니 범법의 악심이 모락모락 피어날 수밖에.

일본의 종량제는 와인에 홀딱 반한 수많은 대한의 열혈남아로 하여금 와인 밀반입의 역사적 사명을 갖게 했다. 일본의 와인 값, 특히 프랑스 보르도와 부르고뉴산 특급 와인들은 국내의 딱 절반가격이다. 국내에선 40만 원 줘야 하는 보르도 그랑크뤼 1등급 와인을 일본에선 20만 원에 사올 수 있다. 이탈리아산 와인 역시 만만치 않게 저렴한 가격으로 진열대에 올라와 있다. 와인 세 병만 사도 비행기 값을 뽑는 셈이다. 이 시

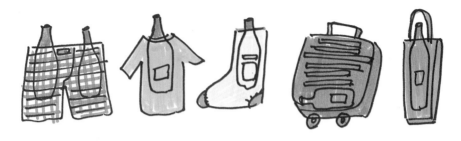

스템을 알고 나서부터 일본에 갈 때마다 대량의 와인을 사들여왔다. 캘빈 클라인 체크무늬 팬티로 '샤토 오브리옹' 2001년산을 돌돌 말았고, 땀 냄새 흠뻑 머금은 라르크 엥 시엘 티셔츠로는 '샤토 레오빌 라스카스' 2000년산을 감쌌다. 주위에서 누가 일본에 간다고 하면 쪼르륵 달려가 10만 원을 손에 쥐어주며 "부르고뉴 주브레 샹베르탱 2002년산, 알쥐!"라고 외쳤다. 한번은 휴가 차 일본에 갔다가 열다섯 병의 와인을 사온 적도 있다. 세 명의 일행이 도쿄에 밤도깨비 여행을 가 각각 다섯 병씩의 와인을 샀는데 어떻게 세관을 통과해야 할지 막막했다. 한 병은 트렁크 속에, 한 병은 어깨에 멘 배낭 속에, 한 병은 왼손에 든 쇼핑백 안에, 나머지 두 병은 오른손에 든 쇼핑백 안에 있었다. 걸리면 그 자리에서 바로 압수될 게 뻔했다. 순간 번뜩이는 아이디어가 떠올랐다. 비행기 안에서 옆자리에 앉았던 한 무리의 일본 여성들에게 정중히 부탁했다. 세관을 빠져나가실 때 저희 쇼핑백 하나씩만 부디 들어주시면 감사하겠다고. 결론은 과연? 미션 석세스!

　　인천국제공항을 드나들 때마다 나 같은 첩보전을 일삼는 동료 범법자들, 이 땅에 많으실 줄로 안다. 사실 일본에서 와인 사들여오는 일은 어제 오늘의 얘기가 아니다. 그러다 보니 세관에서도 난리가 났다. 와인을 대량으로 들여오다가 한 번이라도 적발된 경우가 있는 사람은 블랙리스트에 올려 검색을 강화했고, 직원들에게 와인 교육을 실시해 그 많은 와인 라벨을 외우고 가격까지 숙지하도록 했다. 하지만 범법자들 역시 기발한 두뇌의 소유자들일 터. 늘 새로운 와인 밀반입 기법을 개발하고 국내에 잘 알려지지 않은 고가의 와인들로 레퍼토리를 풍성케 하기에 이르렀다. 뛰는 놈 위에 나는 놈, 나는 놈 위에 와인 숨겨 들여오는 놈 있는 것이다.

언젠가는 보석 밀반입자 잡아내듯이 와인 밀반입자 특별 단속 강화 기간이 생겨날지도 모른다. 나라 경제의 총체적 난국 속에서 발군의 성장을 계속하는 와인업계가 결국 세금에 발목이 잡혀 비실비실해질지도 모른다. 설상가상으로 와인에 매기는 세금을 더 올릴지도 모른다. 오, 상상만 해도 끔찍하다. 이래서는 안 될 일이다. 고로 국민 세금 거둬서 나랏일 하는 높으신 분들께 몇 말씀 올리고자 한다. 외국 사람들 밥 먹을 때 먹는 국물 좀 몇 병 들여오겠다는데 왜 그리 까칠하게 구시냐고, 와인의 대중화를 가로막는 일등공신이 바로 세금인 걸 왜 모르시냐고, 치사하게 먹는 것 가지고 이러지 말자고, 우리 와인쟁이들 좀 살려달라고, 그래도 가만히 계시겠다면 우리가 가만히 있지 않겠다고, 대한민국에 안 되는 게 어디 있냐고.

일요일 저녁 여섯 시, It's Wine Time!

일요일 저녁 여섯 시만 되면 괜스레 설렌다. 이는 내가 그 동안 와인을 마시면서 후천적으로 얻은 조건반사이다. 이 시간만 되면 심장이 콩닥거리고 엔돌핀이 서서히 솟아오르기 시작한다. 이름 모를, 그러나 색깔만큼은 루비빛이 확실한, 어떤 아련한 그리움에 빠지기도 한다. 와인이라는 매력적인 늪에 흠뻑 빠져 허우적거리는 질풍노도의 시기, 그러니까 일주일에 와인을 한두 번씩 꼭 마시러 다니고, 점심 혹은 저녁을 먹고 근무를 위해 사무실로 돌아와 소화 촉진과 두뇌 휴식을 핑계로 각종 와인 사이트를 신나게 서핑하고, 그것도 모자라 마감해야 할 원고들을 산더미처럼 쌓아둔 상태에서 편집장 몰래 또다시 와인 사이트를 전전하고, 여자들이 백화점에서 몇 시간씩 윈도쇼핑을 즐기는 것과 완전히 똑같은 심정으로 와인 숍을 어슬렁거리던 그런 시기와 일요일 저녁 여섯 시 사이에는 뭔가 특별한 게 있다.

와인을 마시면서 오랜 소원이 하나 있었다. 한가로운 일요일 오후에

전화 한 통 하면 가까운 와인 바에서 트레이
닝복 차림으로 만날 수 있는 와인 동지들
이 있으면 했다. 게다가 취향까지 같아서
비록 와인 바에서 그다지 특별할 것 없는
데일리 와인을 마신다 해도 잔을 부딪치며 각
자의 이야기보따리를 풀어낼 수 있다는 사
실만으로도 휴머니즘이 철철 넘쳐 흐르
지 않을까 상상했던 거다. 어쩌면 그 변화무

쌍한 맛과 향, 파고들면 들수록 공부해야 할 내용이 점점 많아지는 데 대
해 무럭무럭 자라나는 지적 호기심, 식도락을 좋아하는 사람으로서 삶의
질을 높이기 위한 가장 훌륭한 취미생활 때문이라기보다 좋은 사람들과
여유를 즐기고자 했던 것이 내가 와인을 마시는 궁극적인 목표가 아닐까
생각해 보기도 했다.

　　결국 내 소박한 꿈은 실현됐다. 특별한 약속이 없는 일요일 오후가
되면 내 열혈 와인 동지들에게 전화를 돌린다. 모두 같은 동호회 소속이
고, 30대 초중반에 고만고만한 연령대고, 비슷한 시기에 비슷한 이유로
와인을 마시기 시작했고, 다들 자기가 버는 돈 가운데 비슷한 퍼센티지
의 돈을 와인 마시는 데 쓰고 있고(퍼센티지는 같아도 금액 차이는 사람
마다 엄청나다), 언젠가 다 같이 음주실태 설문조사에 임했을 때 모조리
알코올중독 초기 진단을 받아낸 내 진정한 와인 동지들이다. 형, 진백이
에요. 오늘 시간 돼요? 그럼 거기로 와요. 여기서 말하는 '거기'는 서교
동에 있는 한 와인 바로 나와 우리 와인 동지들의 정신적 지주가 운영하
는 곳이다. 우린 이곳에서 와인을 마시며 와인을, 사람을, 세상을 배웠고

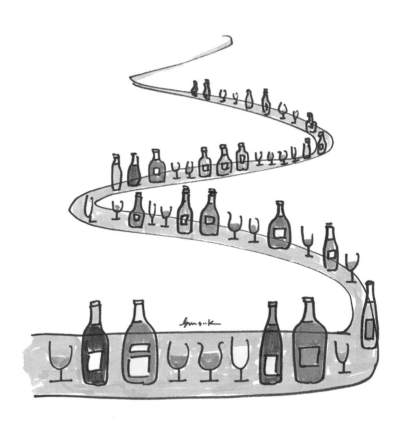

언젠가부터 이곳에서 와인을 마셔야 비로소 한가로운 여유를 느낄 수 있었다. 어쨌건 내 입질에 단 한 명이라도 낚이게 되면 그날의 와인 타임은 시작된다. 모인 인원과 그날 마시고자 하는 와인의 가격대에 따라 회비가 정해지고, 추가로 이 아름다운 음주 모임에 꼽사리 낄 사람 더 없나 몇 군데 더 전화를 돌린다. 대략 세팅이 완료되면 바로 음주 돌입이다.

보통 3만~5만 원대 캐주얼하게 마실 수 있는 와인, 이른바 스타팅 와인부터 시작한다. 일종의 워밍업이다. 입안이 어느 정도 포도 향과 알코올 기운으로 차 있어야 그날의 메인 와인을 맛보기가 수월해진다. 가장 각광받는 와인은 칠레산 와인이다. 레드건 화이트건 상관없이 코르크를 따자마자 본연의 진가를 서슴없이 보이는 저렴한 칠레산 중저가 와인들은 일요일 저녁 여유롭게 모인 우리들 가슴에 불을 지른다. 그러고 나선 한 명씩 돌아가며 그날 자기가 마시고 싶은 와인의 주제를 털어놓는다. 오늘은 돈 좀 들이더라도 포이약 그랑크뤼급 하나 마셨으면 좋겠어. 스페인산 템프라니요 어때요? 나 예전부터 스페인산 와인의 그 강력한 산미를 느껴보고 싶었단 말이에요. 오늘 미모의 여성도 참석하셨는데 샴페인 한번 마실까? 모자라는 돈은 내가 보탤게. 때론 정신적 지주께서 고급 와인을 추천하시면서 해당 와인에 대한 이야기보따리를 푸시기도 했다. 그리곤 가끔씩 좋은 와인을 공짜로 내주시기도 했고. 뭐 이런 식으로 그날의 정답고 화기애애한 와인 타임이 완성되는 것이다.

가끔 사람들로부터 이런 질문을 받는다. 진백 씨에게 생애 최고의 와인은 어떤 와인이었나요? '생애 최고의'라는 수식어는 굉장한 부담을 선사한다. 무언가 특별하고 남다른 답변을 해야만 할 것 같은 인상을 준다. 사람들은 이럴 때면 대부분 이름만 들어도 귀가 번뜩 뜨이는 '염장 와인'들을 들먹이게 마련이다. 누군가는 거래액 1억 달러 정도가 오가는 비즈니스 미팅에서 처음 마신 '샤토 라투르' 1990년산을 꼽을지도 모르고, 누군가는 '안젤로 가야' 정도 되는 와인업계의 진정한 마에스트로가 주관하는 와인 메이커스 디너에서 처음 시음한 '바르바레스코 소리 틸딘' 정도를 논할 수도 있을 것이다. 지금 이 글을 쓰는 도중 막 통화한, 동호회 후배는 와인의 부케라는 것이 통 가슴에 와 닿지 않을 때 접한 '샤토 몽로즈' 2000년산의 그 무시무시한 향의 압박을 잊을 수 없다며 자기 생애 최고의 와인은 단연 몽로즈라고 단언하기도 했다. 나도 한때는 파란 하늘이 드높았던 2년 전 가을날, 서해안 홍성에서 갓 잡은 새우와 함께 마신 '뫼르소'라 답했다. 아웃도어에서 마신 20만 원 가까이 하는 와인의 감격이 너무도 컸던 탓이다. 어쨌거나 대부분은 자신의 와인 라이프에 한 획을 그은 사연이 담긴 고급 와인들을 떠올릴 게 뻔하다.

하지만 나는 초특급 와인도 좋고, 추억이 어린 애틋한 와인도 좋고, 역사적인 순간에 마신 와인도 좋고 다 좋은데, 왠지 와인의 가치는 브랜드나 품질에 있는 게 아니라는 생각이 자꾸 든다. 내 생각에 와인은 귀로 마시는 술이라는 거다. 와인 자체보다 와인을 앞에 두고 나누는 대화가 훨씬 값어치 있다. 아무리 '페트뤼스'를 '르 팽'을 마실 기회가 있다 해도, 그 술을 함께 나누는 사람이 있기에 아름다워지는 거다. 또한 돌이켜보면 와인이 있는 자리엔 대화가 마르지 않고 서먹서먹한 자리를 부드럽게 해준다. 와인은 좋아하는 누군가와 마셔야 제 맛이 나는 술이다. 아무리 값지고 역사와 전통이 깊고 세상을 놀라게 한 맛과 향을 지닌 와인이라 할지라도 마음에 들지 않는 사람과 마신다면 결코 본래의 맛이 나지 않는 법이다. 와인의 그 황홀한 맛과 향은 어쩌면 함께 자리한 사람과의 유쾌하고도 진솔한 대화를 위한 조연에 불과한 건지도 모른다. 누군가 그랬다. 와인과 가장 잘 어울리는 안주는 사람이라고. 그런 의미에서 내 생애 최고의 와인은 단연코 좋은 사람과 마시는 와인이라 감히 말한다.

　　일요일 저녁 여섯 시는 나에게 내 생애 최고의 와인을 만끽할 수 있는 수많은 자리를 마련해주었다. 주말의 끝자락에 노을의 흔적이 드리워진 한적한 와인 바 창가 테이블에 사람 좋은 와인 동지들과 옹기종기 모여 앉아 도란도란 잔을 기울이다 보면 인생이 달콤해지는 걸 느꼈다. 물론 일요일 저녁 여섯 시에 만난 수많은 와인들은 어쩌면 내 생애 최고의 와인으로 꼽기에 보잘것없을지 모르겠다. 하지만 그 와인들을 사이에 두고 마주 앉은 와인 동지들과 나의 몸에서 포도 향이 펄펄 풍겨나는 건 대체 어째서일까. 사람을 매혹시키는 와인의 매력 중 하나가 와인 스스로 자신을 변화시키는 거라고 하는데, 사실 그보다 더 큰 매력은 와인이 사람을 변화시킨다는 거다. 와인에 눈 뜨는 사람은 진화하고 숙성한다. 그래서 와인은 오늘의 삶을 적시는 미소가 된다. 이제 나는 내 생애 최고의 와인에 대한 질문을 받으면 이렇게 답할 테다. 내 생애 최고의 와인은 아직 오지 않았답니다. 일요일 저녁 여섯 시마다 신명나게 마실 와인이 앞으로도 무궁무진하니까 말입니다.

글을 마치며

정말이지 걷잡을 수 없는 와인의 시대다. 건강에 이롭다는 이유로 마시기 시작한 와인은 어느덧 세상 사람들에게 '식탁의 물'로, 느긋한 여가를 위한 향기로운 음료수로, 사랑을 속삭이는 연인들의 알코올로 친숙해졌다. 바야흐로 대한민국이 포도 빛깔로 물든 것이다. 요즘처럼 와인이 일상에 가까웠던 적이 또 있었나 싶다.

2003년부터 싸이월드 와인 동호회 '와인과 사람'에서 활동해왔다. 남들보다 일찍 와인에 눈을 떴다고 생각했건만, 어느 분야나 다 그렇듯, 무림은 고수들 천지였다. 그래서 하루라도 빨리 선배들을 따라잡고 싶다는 마음에 '열공'에 임했다. 처음 접하는 와인은 닥치는 대로 시음했고, 시중에 나와 있는 와인 관련 서적도 닥치는 대로 읽었다. 그러다 보니 한 가지 아쉬움이 자꾸 눈에 밟혔다. 와인을 다룬 책들이 너무 어렵고 딱딱했다는 점이었다. 대부분 와인 지식을 정리한 딱딱한 개론서들이었다. 그것도 아니면 프랑스 등을 다녀와 집필한, 어깨에 힘이 잔뜩 실린 여행기 혹은 외국서적을 번역한 초보자용 와인 입문서 등이 전부였다. 왠지 자세를 잡고 읽어야 할 것만 같은 무거움이 아쉬웠고, 와인 대중화 시대가 열린 지 2~3년이 지났는데도 여전히 재미보다 정보 전달에 의의를 둔 책들만 손에 짚이는 게 아쉬웠다.

그리하여 무모한 결심을 했다. 와인 경력도 미천하고 와인에 관해 아는 것도 별로 없지만, 열심히 와인을 마시고자 다짐한 20~30대 감각에 맞는 젊디젊은 와인 책을 써보기로 말이다. 딱딱한 와인 입문서보다는 와인을 마시면서 접하게 되는 다양한 시추에이션을 다소 헐렁하지만 유머러스하게 써내려간 가벼운 에세이는 어떨까 상상했다. 마치 동호회 게시판에서나 볼 수 있는, 전혀 현학적이지 않기에 술술 읽히는 와인 이야기 말이다. 거기에 기자로서 밥벌이를 하면서 손에 익은, 호흡이 짧은 잡지식 칼럼이나 와인을 소재로 한 단편소설 형식의 산문이면 더욱 재미있지 않을까 싶었다. 그 결과가 지금 여러분의 손에 들린, 가볍게, 아주 가볍게 쓴 발칙한 와인 책이 되었다.

와인은 클래식이나 재즈와 비슷해 적어도 10년은 경험해야 뭐라 말할 수 있는 문화라는 것이 그동안의 내 생각이었지만, 이번만큼은 살짝 오버해도 괜찮겠지 싶었다. 한편으로 와인은 대형 할인점에서 오렌지 주스처럼 편하게 사 마시는 기호품과 같으니 글쓴이의 일상이 진득하게 묻어난 생생한 내용이 훨씬 어울릴 것 같았다. 오기도 발동했다. 까짓것 발칙한 와인 책이란 컨셉트로 밀어붙이기로 했다. 하룻강아지 범 무서운 줄 모르고 끼적거린 잡문이라고 하실 분도 계시리라. 하지만 와인의 세계에 접어들면서부터 좌충우돌, 겪었던 이야기를 솔직하게 옮긴 경험 그대로의 글을 재미있게 읽어주실 분들이 있으리라 믿는다.

한 꼭지 한 꼭지 읽을 때마다 와인 생각이 절로 나는 책이 되기를 바라는 마음이다.

Special thanks to: 원고를 마치고 보니 고마운 분들이 여럿 계시다. 같은 동호회 식구로서, 온라인 게시판에 멋진 와인 그림을 꾸준히 올리시던 오현숙 작가가 일러스트레이션을 맡아주었다. 이미 각종 와인에 해박한 오 작가의 감각적인 터치 덕분에 어수선한 글이 돋보이게 되었다. 와인이 삶을 즐겁게 해준다는 소중한 진리를 깨닫게 해준 싸이월드 클럽 '와인과 사람'의 와인 동지들에게도 고맙기 짝이 없다는 말씀을 전한다. 김경태 주우종 이한규 형님께는 특별히 '쌩유!'를 외친다. 형님들과 함께 마신 와인을 돈으로 환산하자니…… 에고, 머리가 아파온다. 또 소중한 와사 식구들, 한명회 박경태 이종학 정인경 안선남 이윤정 고미정 김희정 최준혁 유병호 님 등께도 진심어린 감사 인사를 전한다. 분명히 밝히건대 '사람'이 있었기에 이 책을 쓸 수 있었다. 본문에 등장하는 '와인 사부'는 이민우 형님이다. 나를 와인의 구렁텅이(?)로 빠뜨린 주인공인 그가 프랑스에서 닦은 공력을 발휘하여 부디 입신양명하시길 기원할 따름이다. 누구보다 깊이 감사드릴 분은 바로 영원한 정신적 지주, 비나모르의 우서환 선생님이시다. 선생님, 와인 앞에서 겸손해질 수 있게 된 것은 모두 선생님 덕분입니다. 지금까지 제게 허락하신 모든 기회와 조언에 대해 진심으로 감사를 드립니다. 끝으로 나의 '낭만 각시' 신지애에게 혼신의 사랑을 다짐하며, 늘 든든한 힘이 되어주신 네 분의 부모님께 감사의 말씀 올린다.